피어나는 꽃처럼 활짝 웃을 너에게

김미선 유온유 이지현 정지혜

모든

계절에도

용기가

필요해

FOREST
WHALE

목차

제 2장 봄을 스치기 전 마주한 것들

제 3장 마침내 우리에게 찾아온 봄

들어가는 글

삶은 한 송이 꽃처럼 피어납니다. 때로는 차가운 바람에 움츠러들기도 하고, 때로는 따사로운 햇살에 활짝 웃기도 합니다. 그 과정에서 우리는 수많은 말과 생각을 만납니다. 어떤 말은 우리를 위로하고, 어떤 말은 마음에 상처를 남깁니다. 하지만 결국, 우리의 삶을 꽃피우는 것은 바로 그런 말들입니다.

'피어나는 꽃처럼 활짝 웃을 너에게'는 그 말들이 가지고 있는 힘과 아름다움을 발견하는 여정입니다. 각기 다른 순간, 각기 다른 경험 속에서 우리가 만난 단어들은 그 자체로 작은 꽃처럼, 우리 마음에 씨앗을 심고, 그 씨앗이 자라나 새로운 삶의 가능성을 열어줍니다. 이 에세이집을 통해, 나는 당신이 단어라는 작은 꽃들을 발견하고, 그 꽃들이 자라나는 모습을 지켜보기를 바랍니다.

우리가 나누는 이 이야기 속에서, 당신의 삶을 변화시킬 수 있는 낱말들이 자라나기를. 그리고 그 낱말들이 결국, 당신의 마음속에서 아름답게 피어나기를 소망합니다.

제 1장

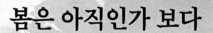

봄은 아직인가 보다

감
기

봄 감기로 아파하는 너에게 (김미선)

포슬포슬 날아다니는 꽃가루와 함께
연신 재채기를 하는 걸 보니
아무래도 너에게 봄 감기가 찾아왔나 봐.

별들만 사는 세상에 혼자만 돌멩이 같다며
잔뜩 풀이 죽은 너에게 들려주고 싶은 이야기가 있어.

저 밤하늘엔 우리 눈에 보이지 않는 별이 훨씬 더 많대.
그 별을 발견할 때의 감격은 엄청나겠지.
꿈을 포기하지 않는다면 넌 반드시 발견될 거야.

기억해 줘.
너라는 별이 어둠 속에서 보이지 않을 때도
너는 너로서 눈부시게 빛나고 있다는걸.

봄 감기는 누구나 걸릴 수 있대.
추운 겨울이 아닌데도 차가운 세상을 살다 보니까
감기에 걸리기 쉬운 것뿐이지. 너의 잘못이 아니야.

알고 있니?
완벽한 사람은 세상에 한 명도 없다는걸.
그래도 괜찮은 건
삶을 살아갈 때는 완벽함이 아닌 성실함이
무기가 되기 때문이야.

게으름은 앞으로 나아가지 못하게
발목을 붙잡고 있는 최대의 적이라잖아.

너만의 속도로 한 걸음씩 나아가다 보면
모든 것이 조금씩 나아질 거야.
그건 너만이 할 수 있다는 거 알고 있지?

아무도 너를 생각해 주지 않는 것 같을 때면
내 마음을 남들이 다 알 수 없듯이
내가 모르는 마음도 존재한다는 것을 기억해 줘.

누군가의 소원은 너에게 사랑받는 거야.

누군가는 너의 행복만을 바라고 있어.

누군가는 너를 닮아가고 있어.

누군가는 너를 보며 감동하고 있어.

혹시 알고 있니?

인생의 슬픔에서 인생을 빼면 슬픔만 남지만

인생에서 슬픔을 빼면 수만 가지의 감정이 남는데.

그 감정들은 너라는 별이

마음껏 춤추도록 도와줄 거야.

그러니까 슬픔만이 아닌 다른 감정들도 인정해 주자.

있잖아. 누구에게나 감추고 싶은 못난 구석이 하나쯤 있어.

우리는 어둡고 차가운 달의 뒷면을 알면서도

달빛을 사랑하잖아.

하물며 달보다 소중한 너인데,

너 자신의 구석진 부분까지도 사랑해 주면 어떨까?

혹시 말이야. 너도 인간관계 때문에 지치는 날이 있니?

이 세상에 갈등 없는 관계는 없어.

날 좋아할 사람은 좋아하고 아닌 사람은 아닐 뿐이더라.

냉혹한 현실이지만 그게 자연스러운 인생사니까.

모두와 친밀하게 지낼 필요도 없어.

그는 자신의 선택을 하고

너는 너의 선택을 하면 돼.

사랑하는 사람의 마음을

유리구슬처럼 들여다볼 수 있다면

봄 감기가 싹 나을 수 있을까?

사랑은 눈에 보이지 않지만 느낄 수 있는 거래.

너를 온 마음으로 걱정하는 사람들의 사랑을 느껴봐.

그들은 네가 행복하게 살기를 바라고 있거든.

잊지 마.

마음의 감기는 오직 사랑으로 치유될 수 있다는 것을.

감기와 회복 (유온유)

하늘이 빙그르르 돌다가
똑하고 떨어진다

코를 훌쩍이다
아픈 머리를 부여잡는다

차가운 바람이
속삭이며 스며든다

그 속에서 눈을 감고,
잠시 세상과 멀어진다

이 작은 고통 속에도
회복의 시간이 있다

몸은 다시 일어나고,
겨울은 지나가리라

감기는 지나가고,
결국 따스한 봄이 온다.

마음의 일기 예보 (이지현)

환절기 안 가리고 유행인 감기에
또 휘둘리고 계시나요

괜찮습니다.
아무리 아파도
하늘에 있는 저 별들은 우리 편이니까요

이번에도 하염없이 또 이비인후과에 와서
한숨을 쉬시나요

괜찮습니다.
저는 3회차입니다.

이번에는 마음의 감기에 걸리셨나요?
감사합니다 저의 동반자가 되어 주셔서

어느 정도 크기의 고민인지 모르겠지만

그 가슴 찢어지는 고민의 교집합들도

시간이 지나면 밤하늘의 희미하게 빛나는

아주 작은 별과 같으니까요.

오늘도 최선을 다하며 행복하세요.

고민은 스트레스고 스트레스는 만병의 근원입니다.

시절 감기 (정지혜)

그러니까 시절 감기였다
얼마간 고열에 시달리고
볼이 단풍잎처럼 붉어졌다

심장이 불규칙적으로 뛰다가
엔진이 고장 난 자동차처럼
도로 한 가운데 멈춰 섰다

눈시울이 숭늉처럼 뜨거워지고
서 있는 자리에서 눈사람처럼
사르르 녹아버릴 것 같았다

견고한 이름의 사물들과
정오의 소프트아이스크림이
뚝 뚝 뚝 흘러내리고

고열에 들끓던 심장이
제 온도를 되찾는 사이
이마에 땀이 송골송골 맺히고
새벽 해일처럼 덮치는 한기

소란한 해일이 가라앉을 때까지
이불 속에서 열하루를 떨었다
참았던 숨을 훅 뱉어 보았다

나 없는 당신
당신 없는 나
우리 없는 우리가
모두 증발할 때까지

연
말

애틋한 겨울 인사 (김미선)

코끝 시린 계절이 연말에 도착했음을 알리자, 한 해 동안 각자의 빛으로 지구별을 비춘 이들에게 애틋한 마음이 차오른다. 머지않아 한 해의 문이 닫히면 1년이란 날들은 찬 바람 한 자락도 되돌아갈 수 없는 소용돌이 속으로 감쪽같이 사라지고, 시간의 불꽃놀이가 시작된다.

살다 보면, 누구나 간신히 매달려 있는 잎새 한 장 같은 순간을 만난다. 느닷없이 불어온 두려움이라는 바람에 파르르 떨다가 마지막 잎새처럼 툭 떨어져 버릴 것 같을 때면 조용히 두 눈을 감곤 했다. 온기 어린 두 손을 가슴 위에 포개어 얹고, 맞닿은 심장을 느끼다가 내 몸에 피가 강물처럼 유유히 흐르는 상상을 하다 보면 내 안의 모든 것을 안아주고 싶어져, 두 팔로 나를 쓰다듬어주었다. 날개뼈까지 닿을 만큼 나를 꽉 안아주려면 팔을 길게 쭉 뻗어야 해 내가 마치 둘레가

넓고 큰 나무 한 그루처럼 느껴졌다. 한없이 작고 연약하게 느껴지던 나를 스스로 안아보니 작은 줄만 알았던 내가 참 크고 넓었더라. 나를 마주한 그 시간에 내가 몰라주었던 나를 느꼈다. 나는 연약하기보다는 연한 사람이었다. 약하지만 악하진 않았으며, 잘난 건 없어도 질긴 사람이었고, 강하진 않지만 장한 사람이었다. 삶의 균열 속에서도 질긴 생명력으로 살아온 나 자신을 마주한 이 연말이 참 고맙다. 자신을 똑바로 마주할 때 비로소 알게 된다. 자신이 한없이 자랑스럽고 사랑스러운 존재라는 것을 말이다. 나 자신에게 사랑받았던 시간은 작은 기쁨이 되어 크리스마스 선물처럼 연말 앞에 놓여 있었고 그 선물 안에는 나로서 충분하다는 응원과 함께 새로운 시작에 대한 소망이 가득 들어있었다.

당신이 지금 아스라이 달린 잎새 같대도 괜찮다. 매서운 바람에 찌그러지고 웅크린 채 불안에 떨고 있어도 위태로운 자신을 안아줄 수 있다면 결국은 편안해지는 날이 올 것이라고 믿는다. 어쩌면 떨어져 나뒹굴게 된다 해도, 어딘가로 도착해 눈을 떠보면 앙상한 나뭇가지보다 더 좋은 곳일지도 모를 일이지 않은가.

한 해가 저물어 가는 오늘도 곧 떨어져 버릴 잎새와 같지만, 당신은 단 한 순간도 초라하지 않았다. 우리의 할 일은 살아가고 사랑하며 존재하는 것이기에 그 자체로 완벽하게 소중할 뿐이니까 말이다.

삭막한 세상이기에, 마음이 고운 사람에게도 차가운 눈물이 있음을 배웠다. 마음이 예쁜 사람에게 찾아오는 겨울은 눈꽃 송이처럼 새하얗게 빛나고, 사랑의 언어만 푸른 땅 위에 뿌리내리며, 따뜻한 온기만큼이나 외로움도 적당한 온도였으면 좋겠다.

내가 나를 안아주면서 지나온 한 해의 끝에는 폭풍 속을 걷고 있는 사람에게 하루 빨리 평화가 찾아오기를 간절히 기도하는 마음이 심어져 있었다.

빛이 꺼져 가는 세상에서 착한 불씨가 되어 환한 불을 밝히는 당신의 존재는 눈물겹도록 아름답다. 선한 마음이라는 장작불 없이는 다정한 미소가 피어오를 수 없듯이, 당신의 따뜻함이 저절로 생긴 것이 아님을 알기에 더욱 애틋하고 귀하다. 차가운 계절에도 꿋꿋이 지켜낸 당신의 온기 덕분에 아직 이 세상이 살만한 것은 아닐까? 선한 언행과 다정한 화법으로 자신의 온도를 나누는 당신에게 내가 가장 듣고 싶은 말과 전하고 싶은 말은 "God bless you"이다.

마음이 예쁜 그대에게 모든 날, 모든 순간 신의 은총이 함께 하기를...

연말의 작은 추억 (유온유)

그런 것들을 좋아해. 너무 추운 겨울날, 마음속까지 따스하게 해 줄 코코아 한 잔이라던가, 모닥불 대신 가스레인지에 구워 먹는 마시멜로라던가, 따끈따끈하고 모락모락 김이 나는, 반으로 가르면 앙꼬가 잔뜩 보이는 하얀 찐빵이라던가.

다시는 돌아가지 못하기에, 소중한 추억들도 참 좋아해. 이를테면, 전학을 온 지 얼마 안 된 날, 유온유 (you on you)가 그대로 해석하면 '너 위에 너'라며 칠판에 크게 쓴 고등학교 영어 선생님 덕분에 반 아이들 전체가 폭소를 터뜨렸던 그날의 기억, 중학생 때 짝사랑했던 아이와 이루어지지 못해 옥상에 올라가 혼자 노래를 틀어놓고 펑펑 울었던, 조금은 귀여운 기억, 여긴 나만의 아지트라며 빨랫대 밑에 초록 컵과 하얀 찐빵을 가지고 숨어 들어가 컵에 빵을 넣었다 뺐다 하며 행복한 표정으로 야금야금 빵을 먹곤 했던 어린 날 나의 상상들.

어쩌면 나는, 그런 것들이 좋은가 봐. 가장 쓸모없는 것 같지만, 가장 반짝거리는 것들 말이야. 쟁반만큼이나 둥글고 모난 곳이 없는 달도, 자꾸 줄어들어 가늘어져 버린 손톱달도 좋고. 세월아 네월아 천천히 하늘을 떠가는 조각구름, 햇살에 비쳐 반짝거리는 커다란 나무의 잎사귀, 길을 걷다 보면 마주치게 되는 거리거리마다 심어진 자그마한 들꽃, 가끔 내가 골똘히 혼자 생각에 잠기곤 하는, 놀이터의 그네를 비춰주는 밤길의 노란 가로등 불빛, 날 보면 '야옹'하고 반갑게 울어주는 검은 고양이의 목소리 같은 것들 말이야. 아, 나의 무용한, 무용한 것들. 그래서 아름답고, 사랑스럽고, 가끔은 눈물이 고이게 해주는 것들.

오늘 한 번 다시 둘러보게 된 내 방도, 자그맣고 소소한 것들 투성이더라.
쌓여있는 책들과 방문 앞을 장식하는 4천 원짜리 어바웃타임 포스터가 참 예쁘더라. 방 좀 꾸며보겠다고, 낑낑대며 산, 한쪽 벽을 가득 메우는 분홍 레이스 커튼과 검정 책상, 검정 행거. 그리고 하얀 수납장, 회색

책장, 크기도, 색도 다른 액자 다섯 개, 투명한 보석함, 조금씩 모아 완성한 귀여운 피규어들까지. 전부 직접 고르고 산 것들이기에 뿌듯해.

어느새 크리스마스가 다가오고 있어, 그전에 줄 전구를 다시 매만지고, 방에는 예쁜 가랜드를 걸고, 스노우볼을 하나 사서 책상에 놓을까 해.
늘, 쉽지만은 않은 게 삶이지만, 가끔 방을 꾸미며 소소하게 기분 전환 정도는 해도 괜찮아질 테니까.
그냥, 난 이래. 나라는 사람은, 이렇게 소소한 것들을 추억하고, 사랑하고, 좋아하고 그래.

글을 읽는 너도 너만의 소소함을 찾아보고, 꿈에 젖고, 꿈을 잡고, 꿈을 꾸고 꿈을 간직하길 바라. 그래서 현실 세계는 잠시 놓아두고, 너만의 세계를 꼭 만들어 내길 바라.
연말의 작은 바람이야.

새로운 터널의 시작 (이지현)

연말이 되니 이 말이 떠오르네요
배우 김혜자 님이 말씀하신
등가교환이라는 말이요.

나의 귀중한 것을 희생하는 대신
얻어지는 값진 대가
시간은 무수히 빠르게 흘러가고 있고
우리의 인생은 그렇게 계속 흘러갑니다

지금 이 새해를 맞이하는 당신
너무 수고 많았으니
지금의 위치에서 힘들면 한 걸음 쉬고,
시곗바늘이 많이 바쁘다면
작년보다 더 열심히 사는
이번 해를 진행하시길 바랍니다.

갈피를 잡지 못하는

나의 전공과 현재의 나

시험을 앞두고 있는 취준생의 나

한없이 무거운 가장의 무게감의 나

독박 육아로 육체적 정신이

너무 힘든 나를 위해서요.

열심히 하다 보면

반드시 터널은 뚫리게 되어있습니다.

다소 시간이 많이 소요될 뿐이죠.

901호 병실에서 (정지혜)

어둠은 존재하지 않아
빛의 부재가 어둠일 뿐이라고
누군가 말했었지

심장이 고요히 뛰는 동안
망망대해를 횡단하는 고래처럼
몸속을 유영하는 암세포들

매일 보면 낯설었던 것도
친근해지기 마련인지
오랜 친구처럼
도란도란 이야기를 나눈다

엄마 몸속에서
작은 태아가 자라듯
너도 내 안에서 무럭무럭
가지를 치고 있구나

등대 하나 없는 밤바다에서
이따금 길을 잃었다
쓸쓸한 겨울밤이 깊어지면
모르는 행성이 그리워지고

닫히는 관의 무게와 달싹이는 어깨들
타협할 수 없는 어둠을 새까맣게 칠하면서
발이 닿지 않는 심연으로 빠져들었지

몇백 년 전에 죽어서
마침내 별이 되었다

아직 캐럴이 흐르는 거리에서
사람들이 파도처럼 일렁인다
텐, 나인, 에잇..... 쓰리, 투, 원!

폭죽이 터지는 동안
불안은 환호로 바뀌고
속도를 늦추는 메트로놈처럼

들숨과 날숨이 얕아진다

모든 끝과 시작
모든 슬픔과 기쁨은
12월 31일과 1월 1일처럼
맞닿아 있지

별은 빛나기 위해 죽고
밤은 별을 보려고 찾아오니까

때늦은 기대와
마지막 희망처럼
오랜 뒤에 도착하기로 해

901호 병실 창문으로
별빛이 함성처럼 쏟아지고
똑.딱.똑..딱..똑...딱...
메트로놈 박자는 점점 느려진다

물
웅
덩
이

비밀의 보물섬 (김미선)

그해 겨울은 유난히 많은 눈이 내렸다. 어느새 녹은 눈으로 물이 가득 고인 물웅덩이 앞에서 걸음을 멈춘 그 순간, 물결들이 일렁거리는 몸짓으로 무어라 속삭이는 것 같았다.

'반짝이는 윤슬을 닮았던 눈부시던 그 소년을 기억하니?'

문득 첫사랑이 떠올랐다. 기억을 더듬어보니, 19살의 크리스마스 날로 되돌아간다. 수려한 외모와 유쾌한 성격을 겸비한 J 군은 인기가 많았다. 그 멋진 킹카가 무슨 일인지 나를 마음에 들어 한 이후부터, J 군을 짝사랑 해오던 같은 반 친구와 멀어지고 말았다. 나와 J 군 사이를 갈라놓으려는 방해 공작까지 생기면서, 우정이냐 사랑이냐 그 문제 앞에 둘 다 포기하기로 결심했었다. 그때쯤 내 속을 잘 모르는 J 군에게 전화가 걸려 왔다.

"내일 크리스마스잖아. 서점에 놀러 갈까?"

"미안해. 나 요즘 좋아하는 사람이 생겼어."

말도 안 되는 거짓말로 그를 밀어냈던 마지막 통화가 떠올랐다. 차마 전하지 못했던 진심은 결국 가슴에 남았고, 남겨진 이야기를 작은 웅덩이 속에 던지며, 지금이라도 당당하게 추억 앞에 서보기로 했다. 나의 기억과 눈물, 하지 못했던 말까지 사정없이 뛰어드는데도 묵묵히 받아주며, 위로의 인사를 건네듯 일렁거리던 잔물결이 얼마나 예뻤는지 모른다. 그렇게 다시는 떠올리고 싶지 않았던 마지막 대화까지 고스란히 내려놓은 채 한 걸음도 떼지 않고 그 앞에 서 있었다. 흘려보낸 기억들이 아직 내 눈앞에 있으니까 말이다.

'나는 우정을 위해 사랑을 포기한 바보였어. 솔직하지 못했던 그날의 모습도, 시리도록 아팠던 내 첫사랑도 이제 나 대신 네가 간직해줘...'

좁은 새장에서 벗어나기라도 한 듯 자유로운 기분이 들 때쯤 물에 비친 내 모습을 보면서, 19살의 크리스마스 날, 미처 하지 못했던 말을 시원하게 외쳤다.

"여보세요? 좋아. 우리에게 어떤 일이 있어도 난 나의 사랑을 지키고 내 마음을 따라갈래. 우리 내일 만나자. 메리 크리스마스!"

뒤늦게나마 내뱉고 나니 비로소 마음이 후련했다. 그날 이후로 그곳은 첫사랑의 추억을 품고 있는 비밀의 보물섬이 되었다. 온통 J 군의 기억으로 가득 채워진 그곳은, 이제 흙으로 메워져 더는 찾아볼 수 없지만, 그날 만났던 출렁이는 물결의 인사와 반짝이는 물방울의 위로는 시간이 흐른 뒤에도 따뜻한 기억으로 남아있다. 나에게 먼저 속삭여주던 고마운 보물섬은 아마도 내 안에서 영원히 존재할 것 같다.

물웅덩이, 하늘의 조각 (유온유)

길 끝자락에 남은 물웅덩이,
하늘의 그늘을 담고
흐르는 구름의 모습을 비추고 있다

한 걸음 다가서면,
세상의 소음이 잦아들고
조용히 반영되는 시간 속에
잠시 나도 잠기어.

어떤 말도 필요 없이
여전히 그대로 존재한다
모든 것이
잠시 흔들리고,
다시 흐른다

물웅덩이,
길 위의 작은 거울,
세상의 어지러움을 담고
조용히 그 안에 품는다

물웅덩이,
그저 있는 그대로,
시작과 끝을 안고
천천히 퍼져 가며
하루를 속삭인다.

비 온 뒤 물이 가득 찬 비커 (이지현)

움푹 파여 물이 고인 그곳
물웅덩이

땅은 꺼졌지만 물은 차올라 있다.

비를 너무 많이 맞아서
수평이지는 않지만.
수분이라는 경력을 얻었다.

인생도 이와 같다

남들과 표면이 다르지만
그 다름은 때로는 나의 경험과 장점으로 완성된다.

비는 예고 없이도 내리기 마련이고
표면이 감정이 함몰된 부분에는 많은 눈물이 고인다.

원하는 삶을 산다는 것의 의미가 무엇일까?

살다 보면 예기치 않게 인생의 비가 내릴 수도

그 비가 그치지 않고 지속적으로 내릴 때도 있다.

고단한 삶을 사는 중이라

지속적인 비가 나를 적셔도

힘들고 아픈 시간은 언젠가 끝나게 되어 있으니

남들과 마음의 표면이 달라도

나의 강점과 장점을 잃지 말자.

세계의 오아시스 (정지혜)

물웅덩이를 보면
너는 기필코 달려가
찰박거리곤 했지
흙탕물이 튀고
발목까지 올라온
양말이 젖을 때까지
지나가는 누군가는
흘깃거렸을 거야

세계가 사막이라면
잠시 고인 이 물은 분명
오아시스라고 주장하면서
기꺼이 젖는 사람과
마침내 젖는 사람 중에
더 불행한 사람은 누구일까
시시한 질문을 던지면서
나는 그저 픽 웃고 말았어

작은 웅덩이들이 모이면
바다가 된다고 믿고
발로 탁 밟으면 튀어 오르는
물방울과 원을 그리는 잔물결이
하찮아서 아름답다던
너였으니까
그 안이 좁고 아늑해서
세계가 춥고 외로울 때
머무르고 싶다고 말하던
너였으니까

너는 지금도 웅덩이만 보면
운동화 밑창에 달라붙은
피로와 슬픔을 털어버리듯
아이처럼 달려가 찰박거릴까
고지대에서 잠시 흘러들어
쉬어갈 수 있게 낮아지는
세계의 오아시스에서 말이야

소
낙
비

고마운 소낙비 (김미선)

사랑을 하다 보면 상대를 행복하게 해주고 싶은 마음이 앞서서 중요한 사실을 놓칠 때가 있어. 사랑하는 사람을 남부럽지 않게 해주고 싶은 마음에 커다란 나무가 되려고 바빠지다 보면 오히려 사랑이 뒷전이 돼버리곤 하거든. 그렇게 작은 틈이 생기면서 관계의 균열이 시작되곤 하지. 안타까운 건 나무의 크기보다 따뜻한 관심이 우선이라는 걸 모른다는 거야. 화려하고 크기만 한 나무에 온기가 없다면, 사랑은 차가운 어둠 속에서 얼음꽃이 되어 버릴 텐데 말이야.

너도 마찬가지였어. 최고의 선물을 안겨주겠다며, 앞만 보고 달려가던 네가 어느 날 갑자기 헤어지자고 하더라. 그날부터 내 머리 위로 너라는 비가 세차게 내려왔는데, 자꾸만 내가 잘못한 일만 내려오는 거야. 게다가 날벼락 같은 이별 통보를 받고도 좋았던 순간이 떠올라서 빗물과 눈물로 뒤섞여있는 내 모습에 한

숨이 나오더라.

눈을 뜰 수 없을 만큼 거세게 네가 내리는데도 피하지 않고 온몸으로 비를 맞았어. 그 비가 우리 관계의 실체를 적나라하게 보여주길 바랐거든. 그래야만 이별을 받아들일 수 있겠더라고.

예쁜 기억만 떠오르는 내 머릿속이 시원하게 내리는 비로 씻어져, 잔여물 하나 남지 않은 우리 관계의 민낯을 보고 싶었어. 그 결과, 우리의 현실을 훤히 볼 수 있게 되었고, 이별에 통쾌한 박수를 보낼 수 있었지. 그렇게 너라는 비는 언제 그랬냐는 듯 소리도 없이 뚝 그치더라.

그거 알아? 그날 이후 태어나 처음으로 프리즘을 만났어. 빛이 프리즘을 통과하면 무지갯빛이 나타나듯이 나라는 빛과 꿈같은 프리즘이 만나서 영원한 사랑의 빛깔을 이루게 된 거야. 내 머리 위의 소나기는 사라지고 마지막 사랑이라는 무지개가 뜬 그날부터 난 행복하게 잘 살고 있어.

시원하게 소나비를 맞고 깨달았던 건, 사랑을 이어가기 위해서는 함께 하는 시간과 따뜻한 관심이 필수라는 사실이었어. 그게 없다면 아무리 드높은 궁궐에 살아도 식어가는 사랑 앞에 결국 서로 다른 길을 맞이하기 십상이니까.

이별의 비에 흠뻑 젖은 채 슬퍼하는 사람에게 이야기해 주고 싶어. 그 눈물은 스쳐 지나가는 비처럼 반드시 그치게 되어 있다고. 반드시 사랑의 문은 다시 열릴 것이며, 당신의 정원을 성실하게 가꾸다 보면 그 슬픈 순간은 이미 지나가 버린 시절이 되어 있을 거라고. 그때는 어느새 세상에서 가장 예쁜 무지개를 만나고 있을 거라고 말이야.

소낙비가, 될게 (유온유)

뜨겁게 아려오는 젊음도
문득문득 식혀주는
소낙비가 있다면
내가 너의
소낙비가 될게

소낙비 지나가고 나면
오색빛 무지개 끄트머리에
잠시 기대어 쉴 수 있게
먹구름 치는 날씨에도
시원한 빗줄기에 맘 편히 웃을 수 있게

하늘에 구멍이 뚫리고
천둥이 무섭게 꽈르릉, 꽈르릉 치고
시원한 소낙비가 주룩주룩 내리고
예쁜 햇살이 쨍하고 돋을 무렵이면

그땐 말해줄래

소란한 사계 속
무더운 여름날 맞이한
세찬 빗줄기들은
가을날의 알록달록한 단풍빛을
오롯이 마주하기 위한
발판이었다고

회사 (이지현)

퇴사를 하였습니다.
참고 참았지만 사람은 변하지 않으니까요.
5년이라는 시간 동안 고생했으니
조금은 쉬었다 걸음을 걸어 보려고요.

인생은 참 허무합니다.
퇴사를 하니 이 점심시간에 따스한 광합성과
단 한 번도 맡아보지 못한 시원한 바깥바람

이거를 왜 이제 마시고 있나
약간은 후회되는 산책이기도 합니다.

인생의 정답이 무엇인지 모르겠습니다.
입사 때는 자랑스러웠지만
퇴사만큼은 자랑스럽지 못한 제 자신에게요

퇴직금보다 더 머릿속에 들어있는 건
지금까지 울고 짖었던 회사 생활 속에서
표현하지 못하고 업무만 하다가
그에 따른 건강 악화로 수술을 앞둔 제 자신이
너무나도 속상할 따름입니다.

그동안 무엇 때문에 이렇게 힘들게 달려왔었고
무엇 때문에 이렇게까지 건강이 무너질 정도로
달려와야만 했는지 모르겠는 바입니다.

며칠은 집에서 쉬니 바람 쐬러 밖을 나오게 되었는데
너무나도 시원하고 상쾌한 바람과
항상 사무실에 갇혀 햇빛 하나 없이 오로지 9시간 이
상을 사무실에만 지내온 게 후회스럽기도 하네요.

때로는 남들 다 하는 회사 생활도 중요하지만
사실 제일 중요한 건 나였습니다.

이렇게 건강 악화가 되게 나를 내버려둔
내가 미운 밤입니다.

돈이라는 게 희생되는 만큼 벌어지는 것이지만
5년 동안 정말 수고했고
남은 시간만큼은 산책과 운동과 맛있는 음식을 섭취
 해서라도 이 우울한 마음을 털어버리려 합니다.

하루의 마무리 끝에 피곤한 몸을 이끌고 집에 가는 당신
오늘도 너무 고생 많았습니다.

감히 헤아릴 순 없지만 그 누구보다도 수고했고 자랑
스럽다고 말씀드리고 싶습니다.

빠른 귀가 후에 따뜻한 밤을 보내기를 권합니다.
세상에서 제일 소중한 건 나이니까요.

장마철 (정지혜)

실컷 낮잠을 자고 일어난 늦은 오후
집 근처 계곡물에 발을 담그러 나섰다

비가 그친 줄 알았는데
차가운 물에 발은 담그고
와 진짜 시원하다라고 말할 때
기다렸다는 듯 소낙비가 퍼붓는다

어쩔 수 없다는 듯
그저 쏟아지는 비를 맞으며 걸었다
우산 없이 나설 때면
이따금 예고 없이
비가 쏟아진다

어느새 구름이 잠깐 물러난다
해가 비치고

눈이 부시게 환하다
먹구름이 하늘을 덮고
기어이 세차게 쏟아지다
뚝 그친다

장마철의 하늘이
나와 참 닮았다
먹먹하고 습윤한
변덕스러운
전조 없는
때로는 해사한
툭 건드리면 쏟아질 것 같은
그러한 마음이

제 2장

봄을 스치기 전 마주한 것들

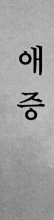

애
증

미워도 사랑하기 때문에 (김미선)

나에겐 몹쓸 버릇이 하나 있었다. 사랑하는 사람이 미워질 때면 눈물을 참느라 입술을 깨무는 버릇 때문에 계절이 바뀔 때면 입술이 헐어있곤 했다. 이번 계절도 울음을 잘 참아냈다는 나만 아는 작은 표시였기에 거울 속에 비친 나를 보며 기특해하다가 어느새 밀려오는 서글픔으로 고개를 떨구기도 했다.

꽃잎이 흩날리는 계절이 오면, 하늘에서 내려오는 꽃비가 사람들의 마음을 두드리곤 한다. 마음을 들뜨게 하는 5월은 꽃의 행진으로 축제가 한창이건만, 왜 내 사랑은 우중충한 장마를 맞이한 것인지 마음이 답답할 때면 눈물을 잘 참아내는 주특기를 발휘해야 했다. 가슴속에서 끝없이 차오르는 눈물을 밖으로 나가지 못하게 억지로 막다 보면 어느새 눈물이 쌓이고 막혀서 가슴에 홍수가 나기도 했다. 눈물로 홍수를 이룬다는 것은 가슴이 와르르 무너지는 일이었다. 그럴 때면 차라리 눈물에 갇힌 모든 아픔을 전부 휩쓸어가기를 바라기도 했지만, 아쉽게도 그런 일은 일어나지 않았다. 눈물이 마를 때까지 펑펑 울더라도 이제는 더 이상 눈물을 참지 않는다. 흘려야 할 때 흘려보내 주어야 내 마음의 검은 바다가 다시 시원한 파란빛을 찾을 수 있음을 알게 되었기 때문이다. 눈물을 참지 않게 되자, 사랑하는 사람이 나의 마음을 아프게 찌를 때마다 눈 앞을 가리던 눈물이 기다렸다는 듯이 흘러내렸다.

얽히고설킨 애증으로 암울하던 어느 날, 행복을 찾아서 열심히 나아가기 시작했다. 어디쯤이었을까? 열심히 눈물을 헤엄쳐 도착한 곳은 다름 아닌 나를 울게 하는 그 사람이었다. 사랑하는 만큼 미워하고, 미워하는 만큼 사랑하기 때문에 선인장에 찔린 듯 가슴이 아파서 또 눈물이 차오르지만, 그 사람에게 들킬세라, 나의 눈물은 오늘도 납작 엎드려 내린다. 말없이 흐르는 이 낮은 눈물을 그가 영원히 모르기를 바라며 서둘러 닦아낸다.

사랑이라는 빛 앞에 비친 마음 너머에는 애증으로 얼룩진 서로의 그림자가 선명하게 드러나고 있지만 그 그림자까지도 사랑하기 때문에 오늘도 깊은 눈물을 헤엄쳐 그에게로 가고 있다. 너무나 사랑하기 때문에 더 깊은 상처를 나누어 가지게 된 우리는 여전히 서로의 곁을 애틋한 마음으로 맴돌고 있다. 차마 이 손을 놓을 수가 없는 이유는 서로의 뒷모습을 측은하게 바라보는 연민과 사랑이 남아있기 때문이다.

사랑하기 때문에 눈물 흘리는 날도 있겠지만 더 이상 입술을 깨물며 눈물을 참지 않겠다. 사랑을 지키기 위해 내 안의 감정을 용기 있게 표현하고, 차가운 사랑과 뜨거운 사랑의 조화 속에 서로의 온기를 나누다 보면 둘만의 환상적인 하모니를 이룰 것으로 믿는다.

서로를 향한 사랑의 헌신으로 만들어가는 사랑의 화음 속에 때때로 어긋나는 불협화음이 생긴다 해도, 함께 노력하며 만들어가는 과정이기에 사랑은 쉽게 깨지지 않을 것이며, 날마다 미움보다 사랑을 선택한다면 반드시 사랑의 메아리가 응답할 것이다. 앞으로도 미움과 사랑은 두 사람의 바다에 짓궂은 파도로 넘실댈 것이고, 그렇게 사랑과 전쟁의 경계선을 넘나들겠지만, 이제는 알고 있다. 내일도 사랑이 아슬아슬하게 승리할 것을.

나는 여전히 너를 생각한다 (유온유)

너를 사랑하면서 미워했고,
너를 미워하면서 사랑했다.
그 사이에 흔들리는 마음은
바람결에 나부끼는 나뭇잎과도 같았다.

어쩌면 애증은
너를 사랑함이 두려운 내 모순이었을까.
너를 원하지만,
같은 상처를 반복하기엔
이미 위태로운 나의 그림자.

사랑과 미움이 한데 얽혀,
결국 남은 건 고요한 허무.
그러나 그 허무 속에서조차
나는 여전히 너를 생각한다

불확실성 한 그래프 (이지현)

4계절 중
제일 자살률이 높은 계절, 봄

너무 마음이 아픈 계절 속에서
지푸라기라도 잡고 살고 있는 나는
인생이라는 연극을 진행 중에 있습니다

연극은 관객들이 웃지 않더라도
끝까지 최선을 다해야 하는 게 몫이지만

봄에 별이 되시는 분들이 많은 걸 보면
꼭 그렇지만은 않은가 봅니다.

저 또한 제일 자살률이 높은 청년층이기에
공감이 안 되는 건 아닙니다.

저도 그들과 같은 마음으로 살아가고 있지만

제가 별이 되지 않는 이유는

인생의 결과는

주심의 휘슬이 끝나고 난 후에 받아들이면 되는 것인데

제가 주심은 아니니까요.

뫼비우스의 띠 (정지혜)

릴리는 기록한다

레오는 나를 사랑한다
레오는 나에게 소리치고
레오는 나를 모욕한다

어둠이 목젖까지 차오르면
부드럽고 다정한 손길로
이불깃을 올리면서
양 볼에 키스한다

그런 후에 침을 뱉고
머리채를 잡아 흔들고
발로 밟는다

개 같은 년

레오의 달콤한 목소리가
귓가에 잠시 머무른다

레오는 나를 감싸안고
가을볕을 닮은 애잔한 눈빛이
한 세기의 마지막 날까지
지켜주겠다고 속삭인다

레오는 나를 아껴주고
레오는 나를 먹여주고
내 안에 숨죽인 악마의
입술에 한 줌의 온기를
힘껏 불어넣는다

나는 레오를 사랑한다
오늘 밤에 레오를
죽일지도 모른다고

릴리는 기록한다

책
꽂
이

내 안의 파도 (김미선)

어느 날 책 정리를 하려고, 책꽂이에 세워진 책들을 한 권씩 살펴보는데, 외국어책, 두껍고, 읽기 어려운 책들은 숨바꼭질이라도 하듯이 꺼내기 힘든 자리에 꽂혀 있었다. 처음엔 각오하고 샀지만, 계속 미루게 되는 책들이 하나같이 맨 위에 줄지어 꽂혀있는 걸 보니 종종 인생의 파도를 만날 때 회피를 택하기도 하는 나의 모양새가 드러났다.

손이 잘 닿는 곳에는 긍정적이고 밝은 내용의 책, 신앙 서적, 여행 서적, 요리책, 예쁜 시집 순이었다. 책꽂이는 마치 거울처럼 나의 내면을 보여주었고, 내가 좋아하고 추구하는 것과 덮어두고 싶은 것, 피하고 싶은 파도까지 한눈에 알려주고 있었다. 높은 곳에 세워둔 책을 보며 결심했다. 더 이상 피하지 말고, 파도에 뛰어들어보자고. 어디서부터 어떻게 시작해야 할지 막막했지만, 더 이상 파도로부터 도망치기보다 그 위에 올라타고 싶은 심정이 간절했다.

그러던 어느 날, 아이와 함께 제주도 여행을 떠났다. 호텔 아래 해변에서는 서퍼들이 멋지게 서핑을 하고 있었는데 쨍쨍 갠 날씨에도 약간 흐린 날씨에도 서핑하는 사람들을 보니 인간의 성장 여정이 생각이 났다. 인생이 자기만의 보드를 잡고 파도를 타야 하는 서핑이라 생각해 보면 결국 내 보드는 내가 잡아야 하는 게 첫 번째였다. 두 번째는 흐린 날씨나 맑은 날씨나 어차피 타야 한다면, 날씨를 불평할 시간에 그저 타야 한다는 것이다. 날씨란 바뀌기 마련이니까. 인생사가 다 그렇지! 너무 일희일비하지 말자. 세 번째, 작은 파도를 넘는 것부터 매일 꾸준히 연습해 나가면 시간이 쌓이면서 큰 파도도 넘을 날이 올 거라는 것을 다시 한번 깨달았다. 인생의 큰 파도가 밀려와 흔들릴 때면 이날 바라본 서핑을 떠올려보자고 생각에 잠겼던 색달해변이다.

세상일이 다 내 뜻대로 되지 않다는 걸 서서히 배워가는 거다. 그 와중에 또 기쁨이 있다는 걸 알아가는 거고, 그 와중에도 잘해 나가고 있어서 감사하고, 설령 잘해 나가지 못한다 해도 괜찮아야 한다. 시간을 쌓으면 모든 것은 결국 잘될 거니까 우선 쓸데없는 걱정부터 줄이자고 마음먹었다.

여행을 다녀온 뒤 책꽂이에 책을 다시 진열했다. 책장을 넘길 엄두가 안 나서 피하기만 했던 책들을 꺼내기 쉬운 위치에 두기도 했고, 책꽂이가 띄워 보내는 물음표는 서퍼들을 통해 배운 교훈으로 조금씩 정리할 수 있었다.

당신이 때때로 바닷속에 풍덩 빠진다 해도, 생각보다 별거 아니었다고 안도의 한숨을 쉴 수도 있을 것이다. 겉은 홀딱 젖을지언정, 속사람은 물 한 방울도 젖지 않은 채 단단한 마음으로 서 있을 수 있는 방법은 조금씩 부딪혀가며 꾸준히 나아가는 것이었다. 그러다 보면 폭풍 속에서도 가야 할 길을 향해 헤엄치는 자신을 발견할 수 있지 않을까.

아무리 우리들의 삶에 파도가 거세게 밀려온다 해도,
파도는 당신 안에서 다시 지나가기 마련이며, 그것을
뛰어넘을 수 있는 사람도 오직 나 자신뿐이다. 우리가
언제까지나 기억해야 할 사실은 파도를 담고 있는 바
다가 바로 나 자신이라는 것이다.

올 한 해도 당신의 바다를 응원하는 마음이지만, 쉽지
만은 않을 것이다. 365일 고요한 인생은 없으니까 말
이다. 다만, 어차피 파도가 칠 수밖에 없는 바다라면
봄바람처럼 잔잔하게 밀려왔으면 좋겠다.

서가 (유온유)

고요한 침묵 속
수많은 이야기가 숨을 쉰다

먼지 쌓인 표지,
누군가의 손이 닿기를,
다시 열리기를 간절히 기다린다

각각의 책은 세상의 일부

그 속에 담긴 생각들, 시간들 안에 들어가
나는 내가 되지 못한 사람들을 만난다

책꽂이 속의 이야기는 끝나지 않는다

한 페이지, 한 페이지마다
내 마음은 다른 곳으로 비행하고

또 다른 시작을 알리는 표지는

갈림길에 멈춰 서 있다

책 (이지현)

최적화된 타인의 이야기
그리고 그에 따른 삶의 배움의 문서

살다 보니 너무 지루하고
잘못된 믿음을 지니고 사는 건지
문장의 힘이 필요할 때가 있습니다.

항상 그 시기에 책을 읽곤 합니다.

일상을 항상 숨기며 살아가는 우리에게
필요한 것은 타인의 일상의 존중 그리고 이해입니다.

많은 책을 접했기에 나 자신과 좋은 대화를
할 수 있는 것이고 좀 더 신속한 치료를 할 수 있는
것이기에
책은 그 무엇보다 정말 필요로 하는 삶의 요소입니다.

머릿속에 건강을 책임지는 역할도 하고
우울함에 빠졌을 때 책을 읽으면 해소에 도움을 줍니다.

책은 주는 사랑이자 받는 사랑입니다

당신의 모습이 어떻든
당신의 위치가 어떻든
당신의 방향이 어떻든
나 자신을 믿는 믿음이 강한 사람이 승리입니다.

삶은 속도가 아니라 방향입니다

그러니 너무 염려하지 않았으면 좋겠습니다.
언제 시작해도 늦은 건 없고
본인이 택할 길 또는 택한 길에
당당하게 걸어주세요.

하루하루 한숨밖에 없는
너무나도 힘든 삶이지만

많은 서점에 있는

아주 수많은 책이

당신을 위해 빛나고 있습니다.

전지적 책 시점 (정지혜)

해가 기울고 조각달이 뜬다
가로등처럼 늘 같은 자리에서
너의 까만 눈동자를 기다린다
견디는 건 꽃무늬 빛바랜 벽지와
규칙적으로 째깍대는 초침 소리
스며드는 달빛에 까무룩 잠이 들고

너의 숨소리와 손길이 닿으면
날자마다 깃발처럼 휘날리던
전생을 꿈꾼다
시소처럼 올라가는 입꼬리와
할미꽃처럼 툭 떨구는 눈물방울
함께 울고 웃었던 영원을

그늘진 너의 쓸쓸한 뒷등과
활자에 기대는 비스듬한 마음

마침표를 매만지는 손끝을
너의 모든 표정을 사랑해
들키고 싶지 않은 표정과
골똘히 상념에 잠긴 표정
나를 사랑하는 표정과
지구의 대기권을 벗어난 표정을

말하지 않아도 전해지는
오래된 연인의 마음처럼
내가 언제나 그 자리에
있다는 걸 너는 알고 있지
너는 나의 마지막 페이지를
부러 남겨둔다
영원히 영원이 끝나지 않도록
기도하던
너의 떨리는 손끝을 기억해

카
페
라
테

카페라테를 좋아해 (김미선)

요즘은 습관처럼 식사 후에 커피를 마신다. 내가 가장 사랑하는 커피 종류는 카페라테인데 에스프레소에 우유를 곁들여 쌉싸름하면서도 부드러운 카페라테 한 모금에 편안한 휴식을 느끼기 때문이다.

사람을 대할 때면 누구에게나 한 구석쯤은 닮고 싶은 부분이 있기 마련인데, 좋아하는 이 커피 한 잔도 매일 같이 음미하다 보니 그런 부분이 있다. 본연의 모습 그대로 시럽이 들어가지 않은 꾸밈없는 매력 말이다. 나도 있는 그대로의 향기를 풍길 수 있다면 얼마나 좋을까?

살다 보면 가끔 카페라테 같은 사람을 만나게 된다. 마음을 사로잡기 위한 화려함을 추가하지 않아도, 자신 그 자체로 주변 사람들을 끌어당기는 카페라테가 좋다. MBTI가 E였던 20대 시절에는 그저 사람이 좋아서 여기저기에 커피 한잔하자는 지키지도 못할 말을 남발하고 다녔지만, 어느덧 I가 우세해진 지금은 함께 커피를 마시고 싶은 사람에게만 "언제 차 한잔 해요"라는 인사를 건넨다. 당신과 시간을 보내고 싶다는 호감의 표현인 셈이다. 끌리는 사람과 커피 한잔을 마시고 나면 어김없이 느낀다. 역시 나는 카페라테 같은 사람에게 끌리는구나 하고 말이다.

요즘은 눈에 띄는 자태와 맛을 뽐내는 커피가 많아서 입과 눈이 행복해지기도 하지만, 나는 자신의 매력이 조용히 드러나는 꾸밈없는 모습에 마음이 끌리는 편이다. 자신을 포장하지 않는 사람, 겸손한 사람, 속 알맹이가 꽉 찬 사람, 속이 깊고, 신중하게 행동하는 사람에게 풍기는 은은한 향기가 좋다.

지금 글을 쓰고 있는 내 오른쪽에는 따뜻한 카페라테에서 모락모락 뜨거운 김이 피어오르고 있다. 몇 초 뒤면 흔적도 없이 사라질 이 하얀 김처럼 인생이라는 마라톤도 언젠가는 감쪽같이 사라질 것을 알고 있기

에, 내게 허락된 한 번뿐인 인생을 티 없이 맑고 꾸밈
없는 사람들과 함께 향기롭게 살아가고 싶다.

사람에게 끌리는 느낌이 각자 다를 뿐, 저마다 가지
고 있는 고유한 향기는 전부 아름답다. 그 향기에 커
피 향까지 더해진다면 세상에 하나뿐인 특별한 향수
가 탄생하지 않을까. 세상에 자신만의 향기를 풍기는
모든 존재는 축복 그 자체다. 오늘도 넘쳐흐르는 축복
속에서 커피 한 잔이라는 선물과 함께 소소한 행복이
가득하기를!

라떼 (유온유)

따스한 컵에 스며드는 빛,
진한 커피와 부드러운 우유가
어느새 하나가 된다.

짙은 갈색 속에 담긴 고요함,
그 안에 녹아든 달콤함,
세상의 소음 속에서
조용히 나를 채운다.

차가운 세상 속,
이 작은 컵 안에서
따뜻한 순간을 찾는다.
그리움이 고요히 물들어간다.

한 모금, 또 한 모금,
모든 생각을 삼켜버리고

당신과의 대화처럼,

말없이 나를 따스히 감싼다.

커피 (이지현)

현대인들의 필수 템 아메리카노.
출근 때 아메리카노가 없으면
오늘 하루 내내 속눈썹이 눈을 찌를 수가 있어요.

복용 중인 약도 있는데
회사에서 졸면서 잘릴 수는 없으니
오늘도 건강보다 자산을 우선시하는
하루를 시작하고 있어요

벌써 화요일이에요.
오늘은 또 어떤 바쁜 업무가 나를 찾아올지
너무 설레어 공황장애가 올 거 같아요

아주 다행히도 하도 많이 데어서
이제는 야근도 그냥 그러려니 해요

그래도 행복해요

안정적으로 다니고 있는 직장이 있는 것에요

제가 어느 소속기관에 소속되어 있는 것이니까요.

취업을 준비하시는 분들이시거나

이직 예정인데 직장이 좀처럼 잡히지 않는

프리랜서 혹은 파트 타이머에 비해

그들이 원하는 자리에 제가 앉아 있는 것이니까요.

힘들지만 그래도 소속기관이 없는

하염없이 회사에 면접을 봐야 하는

공허함 만큼은 해소가 되어서 좋아요

대신 업무가 많아 압박감은 조금 있는 것 같네요

서울에 거주하면서

직장을 다니고는 있지만

그렇게 크게 행복하지만은 않아요.

오히려 좁은 공간에서 일하면서
잔병치레하는 것뿐이죠.
프리랜서나 파트 타이머라고
꼭 사무직인 직장인을 좋아할 필요도 없고
그렇다고 앉아서 햇빛 하나 없이 일하는 사무직을
미워할 부분도 아니고요

인생에 정답은 없어요
한 번뿐인 인생 내가 좋아하는 거 하면서
베풀면서 살다 가는 인생이 제일 행복한 것이지요.

우리가 집중해야 하는 부분은
지속적인 삶을 살아가면서 오래된 불안증을
치료하는 방법을 연구해야 하지요

그리고 매일 아침 눈을 떠 나의 정신을 빠르게
회복해 주는 커피가 필요로 했을 뿐이고요.

에스프레소 vs 카페라테 (정지혜)

라테를 마실 때마다
라테는 말이야로
문장을 시작하곤 했어
에덴동산의 아담과 하와가
사과를 따 먹으면서
모든 불행이 시작된 것처럼

라테는 감미롭고 부드러워
처음 솜사탕을 먹어본 아이처럼
구름 같은 거품을 입가에 묻히고
두 귀를 쫑긋 세웠지
뱀의 유혹에 넘어가지 않았다면
영원히 행복했을까 궁금해하면서
두려움을 들키지 않으려고
고양이처럼 털을 바짝 세운 채
사이드 스텝을 밟으면서

너는 너무 불안하고
너는 너무 가정법을 좋아해
실은 그런 말을
하고 싶었을 거야

그랬더라면
그러지 않았더라면
무한대로 커지는 경우의 수를
계산하는 수학자처럼

손톱과 아이들이 자라는 동안
불행을 전부 삼키고 나서
카페에 가면
에스프레소 한잔을
찡그리지 않은 얼굴로 우아하게
마실 수 있을까

마술사의 모자가 비둘기를 덮듯이
쓴맛을 덜어내려고

우유를 콸콸 붓는다
쓴맛을 덜어낸다고
달아지는 건 아니라고

왈칵왈칵 쏟아지는 눈물과
순서 없이 뒤엉키는 발걸음
이번엔 행운일 거야
주사위를 던지고
흰 보도블록만 골라서
폴짝폴짝 건너는 아이

흰 보도블록에서는
부루마블의 무인도 칸처럼
예정된 불운의 파편을
피할 수 있을까
숨차게 뛰었는데
검은 블록을 밟고 말았다

새까만 슬픔을
삼키고 삼키면
슬픔의 고유한 맛을
견딜 수 있겠지

입가의 거품이 사르르 녹고
아담과 하와와 뱀의 혀를
상상하는 동안
라테는 말이야로 시작하는 문장은
마침내 막을 내렸다
에스프레소가 더 이상 쓰지 않을 때까지
조금 더 아플지도 모르겠구나
주사위를 몇 번 더 굴리거나

봉우리에 셀 수 없을 만큼 눈이 내리고
머리가 설산처럼 하얗게 세면
쌉싸름한 원두 향을 맡으면서
아들의 아들에게
라테는 말이야로 시작하는 이야기와

시차를 가진 오래된 슬픔의 유래를
들려줄지도 모르겠다고
가만히 생각했다
흰 보도블록과 검은 보도블록
희망에 가득 찬 주사위에 대해서도

디
저
트

우리는 오래오래 달콤할 거야 (김미선)

휴일이라는 선물이 도착하면, 헹가래를 치며 방방 뛰고 싶은 마음이지만, 실상은 나뭇가지에 매달린 나무늘보처럼 침대에 철썩 붙어 있곤 해. 달콤함이 필요하다는 알람이 울리기 시작해서야 벌떡 일어나서 주방으로 향하곤 하지.

"엄마 난 오늘을 아끼고 싶어요. 쿠키를 아껴먹는 것처럼 토요일도 아껴서 천천히 갔으면 좋겠어요."
딸의 귀여운 소망처럼 시간이 천천히 가기를 바라며 함께 쿠키를 만들기 시작할 때면 내 안의 여러 가지 감정 재료를 가장 먼저 준비해. 한 해 동안 받았던 따뜻하고 다정한 말을 반죽 안에 넣고, 겨우내 나를 아프게 했던 뾰족한 말도 시원하게 잘라서 오븐에 구우면 완성이야. 물론 실패작을 만나기도 해. 먹을 수 없게 된 쿠키가 등장하면 아이는 애써 웃으며 다정한 말로 나를 다독여.

"우리 다시 쿠키를 만들어요. 시간은 많으니까요."

이보다 더 훌륭한 위로는 없을 거야. 실패는 성공의 어머니라고 하잖아. 잘하려고 하기보다 꾸준히 하려다 보니, 어느새 맛있는 쿠키를 탄생시키는 어머니가 되기도 하더라.

오늘 먹은 쿠키만큼 내일이 달콤하다면 얼마나 좋을까? 세상에서 가장 달콤한 노래는 귀여운 쿠키들의 합창일 거야. 이 쿠키를 내가 받은 상이라고 생각하면 입안이 온통 뿌듯함으로 채워지는 기분이 들어. 우리는 이 달콤한 상을 받을 자격이 충분해. 이 특별한 상이 애틋한 건, 좋아하는 쿠키를 쌓아두고 먹기에도 인생이 짧기 때문이야. 시간은 아쉽게도 하염없이 흘러가니까 하루하루 기쁨을 창조하는 예술가가 되고 싶어.

살다가 눈물비가 내린 뒤에는 달콤한 쿠키를 꺼내보면 어떨까? 마음 깊은 곳까지 전해지는 달콤한 위로를 느낄 수 있을 거야. 뜨거운 온도까지 버텨내고는, 찰나라는 순간을 바쳐 달콤함을 안겨주는 쿠키에게 문득 감사해지는걸.

내 손에 들린 앙증스러운 쿠키 하나가 깜찍한 사람으로 깜짝 변신하는 엉뚱한 상상도 해봤어. 쿠키가 갑자기 키다리 아저씨의 주디가 되어서 내게로 뛰어오는 상상 말이지. 삶에 행복 한 스푼을 더해주는 달콤하고 사랑스러운 주디라는 캐릭터가 이 세상 어딘가에서 디저트를 마음껏 먹으면서 자유롭게 살고 있었으면 좋겠어. 그렇다면 주디의 손을 꼭 잡고 말해줄 거야. 내가 키다리 아저씨에 버금가는 키다리 아줌마가 되어주겠다고 말이야.

사랑스러운 주디를 마음에 담으면서, 편식하듯 따뜻한 언어만 삼키고, 봄의 계절로 마음 온도를 맞춰온 덕분에 내 안에 달콤한 쿠키가 가득 들어 있어서 감사한 봄날이야. 온통 사랑 맛이 감도니, 이것보다 더 달콤한 디저트가 있을까?

따뜻한 봄날, 쿠키 왕국에 모여 살 것만 같은 귀여운 디저트를 한번 찾아봐. 답답한 문제 앞에 해답이 없을 때, 달콤함을 부르면 쿠키는 언제나 대답해 줄 거야.

해답은 쿠키 한입으로 쉽게 찾아낼 수도 있지.

인생이라는 장거리 마라톤에는 절대적으로 달콤한 것이 필요해. 긍정 한 스푼과 달콤함마저도 별 힘을 못 쓸 만큼 쓰디쓴 진흙탕 길을 누군가 걷고 있다면 이렇게 속삭여줄래. 넘어져도 괜찮다고. 다만 혼자 일어나기 힘들 땐 용기를 내어 그 예쁜 손을 내밀어달라고. 내 삶을 지켜내려면 잠시 웅크렸다가도 다시 일어나서 걸어가야 해. 성실한 일상을 보내며 꾸준히 걷다 보면, 반드시 너의 앞에 행복의 꽃이 필 거야. 평범한 일상의 조각들이 모여서 피어나는 무탈함이라는 큰 행복이 너에게 오래오래 머물기를 바랄게.

우리는 사계절마다 하늘로부터 감동적인 선물을 받고 있어. 봄날에는 예쁜 꽃을, 여름에는 새파란 바다를, 가을에는 나무가 주는 낙엽 엽서를, 겨울에는 새하얀 첫눈이라는 보너스까지 받지. 이렇듯, 우리는 아낌없이 사랑받는 존재야. 사계절이 아름다운 이유는 소중한 우리가 이 세상에 살아 숨 쉬고 있기 때문일 거야.

누군가 세상에서 가장 달콤한 존재를 묻는다면, 넌 뭐라고 대답할 거야? 난 우리 모두라고 대답할래. 달콤한 말 한마디로 서로를 사르르 녹일 수 있는 인간 설탕이니까 말이야. 우리는 오래오래 달콤할 거야. 사랑하는 사람과의 휴일 그리고 쿠키가 있으니까 말이야.

붕어빵 (유온유)

내내 뒤집혔습니다.

당신을 보려다가요.

그때그때의 그 골목에서
당신을 그대로 마주하진 못하겠지만

그 골목에서
알록달록 팥고물, 슈크림, 피자 속 입곤

당신을 종일 기다리겠습니다.

따뜻하게.

체중 감량의 애로사항 (이지현)

아침에 일어나 빵을 입어 물고서
행복이 무엇인지 잠시 생각을 한 후
어김없이 출근을 합니다.

빵을 먹고 찐 살은 정말 빼기 어렵지만
끊지 못하는 우리들입니다.

그리고 식후에 꼭 디저트도 필요로 합니다.

그렇다면 당신 인생의 애로사항은 무엇일까요?
저는 마음의 용기라고 말할 것입니다.

그다지 의미 없는 삶 속에서도 잘 지내고 있고
오늘이라는 자리에 앉아 하루를 잘 마쳤고
바쁜 생활 수준과 중요한 목표를 잘 마친
당신은 누구보다 가치 있습니다.

오랫동안 과도하게 일하다 보면
때로는 당이 당기기 마련입니다.
그 말은 즉 디저트는 우리를 위해
존재 는 것이라고도 말할 수 있습니다

건강이라는 목표 안에 자유라는 가치 속에서
충돌을 하는 것이긴 하지만
그것에 비교하기엔 당신의 가치는 너무 소중합니다

평범하면서 초라한 삶도 좋지만
사랑할수록 뚜렷해지는 것이기에
오늘도 어제처럼 맛있고 화려하게
빛나주세요.

수프와 디저트 (정지혜)

그런 생각해 본 적 없어? 디저트는 왜 메인 디쉬를 다 먹은 후에 나오는 걸까 사냥감을 방금 먹어 치운 사자처럼 한껏 포만감이 차오른 뒤에 먹어도 되고 안 먹어도 되는 선택지처럼 말이야 배가 불러도 더 먹을 수 있는 탐욕을 가진 유일한 생명체는 인간이래 두 종류의 허기가 있어 채워지는 허기와 아무리 음식을 넣어도 채워지지 않는 허기 어떤 사람은 평생 허기를 못 채운 채로 죽는대 치명적인 달콤함은 너의 혀를 유린하고 호르몬을 조절한다는 이유로 정당성을 의심받곤 해 메인 디쉬는 사실 디저트를 위해 존재해 주인공은 제일 마지막에 등장한다고 하잖아 절정에 필요한 전개와 전희 클라이맥스를 향해 돌진하는 음표들처럼 절정의 순간에 정신을 놓아버릴 수 있으니까 양송이 수프로 시작하기로 해 드라마에서는 꼭 그런 장면이 나오더라 비싼 코스요리를 파는 양식집에서 스테이크를 썰며 몇 마디 주고받다가 자리를 박차

고 나가버리는. 그런 차원에서 코스의 마지막인 디저
트를 함께 먹고 있다는 건 많은 것을 의미해 기꺼이
절정에 이르고 싶다는 말 매혹적인 달콤함이 나의 혀
와 영혼을 덩굴처럼 휘감아도 괜찮다는 말 너의 심장
처럼 따뜻한 혀 위에서 녹아내리다 형체 없이 사라져
도 후회하지 않겠다는 말. 너를 사랑한다는 말.

제 3장

마침내 우리에게 찾아온 봄

꽃
가
루

계절을 건너서 (김미선)

봄바람에 사뿐히 실려 온 하얀 눈꽃 천사여.

처음이자 마지막 사랑으로
내려앉은 그대라는 꽃잎이
흩날리는 꽃가루처럼
저 먼 겨울로 사라져가네.

나의 봄날에서 우리는 사라지지만
너의 겨울에서 우리는 살아지기에
계절을 건너서 너를 만나러 갈게.

흩어지는 기억을 움켜쥐고
하얀 세상에서 너를 만나면
겨울바람에 더 진하게 풍기는 꽃향기로
녹아버린 너의 기억을 깨울게.

사랑하는 만큼 기다리고
기다린 만큼 사랑하는 나에게로
넌 그저 첫눈처럼 천천히 오면 돼.

마지막 꽃가루가 되어 너를 기다릴 테니까.

한 송이 꽃의 숨결처럼 (유온유)

봄바람에 실려 오는
작고 가벼운 꿈들,
사뿐히 날아와
내 맘속에 내려앉는다.

하늘에서 흩어지는 소망들,
한 송이 꽃의 숨결처럼
작은 손톱만큼,
세상을 물들이며
잠시 머물다 사라진다.

부드럽고 짧은 기쁨,
작은 입자 속에
여린 꽃의 꿈이 담겨,
어디로 가는지 모르지만
길 위에 남은 흔적처럼
잠시만큼 내 마음을 채운다.

꽃가루 (이지현)

우리도 꽃가루입니다.
우리의 인생도 피었다 지는
잠시 외출 중인 꽃잎들이니까요.

벚꽃이 질 때쯤
많은 벚꽃이 땅에 떨어져 있는 걸 보면
너무 빨리 져서 아쉬웠지만

아쉬워하기엔 우리의 인생도
너무나도 빠른 걸 체감합니다.

이 속도는 마치 지구에 잠깐 방문한
손님이라고 표현할 수도 있겠네요.

곧 3월이고 봄이면 결혼의 계절이라
다들 결혼식 축하하러 가기 바쁜 달인데

항상 벌어도 부족한 지갑을 쥐어가면서도

오늘 하루를 버티신 당신, 오늘도 수고하셨어요.

직장에서의 고된 업무

그리고 적은 월급과 눈치 없는 세금

납부하시느라 고생하셨어요.

오늘도 작은 꽃가루가 당신을 응원합니다.

여행 (정지혜)

어디로 갈까
누구를 만날까
부푼 마음으로
둥실 떠오른다

바람의 등을 타고
세상을 구경한다
참 아름다운 곳이네
손짓하는 꽃내음에

사뿐
내려앉는다
찾았다

여기가
내 꽃자리[1]다

살포시 껴안는다

---

1. 꽃자리: '꽃이 피는 자리'의 의미로 씀.

봄

내 생애 짧은 한 철이라도 (김미선)

꿈같은 청춘에 당신이라는 봄을 만나서
가시 많던 나는 수줍은 장미로 피어났소.

여린 꽃잎처럼 부서질까 조마조마하며
내 손을 아껴 잡던 당신을
아직도 기억하고 있다오.

이제는 우리가 걷던 오월의 꽃길쯤은
눈을 감지 않아도 그려낼 수가 있소.

그대여. 나는 홀로 시드는 법도 모른 채
아직도 그 봄날의 정원에서
머리 위로 하얀 꽃이 내려앉았을
흰머리의 당신을 상상해 본다오.

내가 기억하는 모습과
사뭇 달라져 있을 지금의 모습까지도
나는 그저 눈물겹게 사랑하겠소.

내 생애 짧은 한 철이라도
사랑으로 피어나게 해준 그대에게 감사하오.

세월을 따라 흐릿해지는 내 기억 속에
당신이 잊혀지는 날이 온다면

부디 내 마지막 비밀을 고이 간직해주시오.

이름 모를 작은 꽃이
당신을 기억하기 위하여
지금까지 살아왔었다는 것을.

봄을 꿈꾼다 (유온유)

차가운 바람 속에
작은 마음 하나가 움튼다.
겨울의 긴 그림자에 숨겨졌던
봄의 속삭임을 기다리며.

땅속 깊은 곳에서,
뿌리들은 몰래 숨을 쉬고,
저 먼 하늘엔
따스한 햇살이 손짓한다.

서늘한 공기를 가르며
조금씩 풀잎이 기지개를 켜고,
겨우내 얼어 있던 꽃봉오리도
조용히 눈을 뜬다.

봄은 아직 먼 길을 걷고 있지만,
그리움은 이미 이 맘속에 가득.
한 걸음, 또 한 걸음
봄을 향해, 나도 함께 걷고 있다.

봄 (이지현)

벚꽃, 유채꽃, 목련, 민들레, 튤립
눈에 넣어도 안 아픈
예쁜 꽃들

봄은 꽃을 위한 날씨이자
꽃의 계절이죠

봄이라는 주제는 너무 따뜻한 것 같습니다.

한 생명 한 생명이 모두 꽃이니까요.

우리라는 소중한 존재를 예쁜 꽃이라는
식물로 표현할 수 있고

생명 하나하나가 귀중한 만큼
사계절 중 제일 온도가 따뜻하고

햇빛이 예쁜 계절에 태어나는
예쁜 식물들을 마주할 수 있어 좋으니까요.

예쁜 식물과 귀중한 우리들이
마주하는 시간

그 이름 봄.

선물 (정지혜)

띵동
택배가 왔다
천천히 포장지를 뜯고
설레는 마음으로
상자를 열어본다

아지랑이가
피어오른다
연분홍 리본을
매단 봄이다

누군가
나에게
봄을 보냈다
말갛고 해사한 얼굴로
봄이 싱긋 웃는다

길고 투명한 유리병에
따스한 봄을 가득 담는다
찬란한 봄이 넘실거린다
오래 기다려 왔어
너와 만나는 순간을

개
화

우리는 모두 누군가의 꽃이었다 (김미선)

꽃들의 세계에 나비가 날갯짓으로 종을 울리면, 꽃잎
이 폭죽을 쏘아 올리며 파티의 시작을 알린다. 아름답
게 꽃보라가 휘날리는 봄의 정원에는 꽃을 배경 삼아
커플 사진을 찍는 연인들이 넘쳐나고, 봄을 맞은 사랑
은 한껏 물이 오른다.

저마다의 향기를 지닌 채 세상에 하나뿐인 꽃으로 지
구별 꽃밭을 아름답게 물들이는 우리가 누군가의 가
슴 속에서도 피어난 적이 있다면 믿어지겠는가? 그렇
다. 우리는 한때 누군가의 꽃이었다. 못다 핀 꽃도, 당
신이 모르는 사이 몰래 피어난 꽃도 있을 것이다. 누
구나 한 번쯤은 사랑이라는 계절에 마음껏 춤을 췄으
며, 사랑이 펼쳐 난 자리에 웃음꽃이 만발하던 아름다
운 날이 있었다.

시간이 흐른 뒤, 아련한 추억이 될지도 모른 채 청춘의 한가운데서 마냥 웃던 해맑은 시절이었다. 그때를 회상하다가 문득 봄바람처럼 첫사랑이 불어와, 사랑이 꽃피던 순간으로 데려다준다면, 과연 기억 속의 첫사랑을 단번에 알아볼 수 있을까? 수줍은 소년과 소녀가 만나 꽃비가 내리는 거리를 걷고 있을 때, 이미 끝을 알고 있는 나는, 결말을 황급히 서랍 속에 숨겨보지만, 소용이 없다. 이미 오래전에 끝나버린 이야기일 뿐이다. 풋풋한 시절이 다 지나갔지만 괜찮다. 우리는 모두 생의 한가운데에서, 사랑이 무엇인지도 모른 채 설렘으로 가슴 뛰던 시절이 있었기에 저마다 아름다운 꽃 한 송이를 품어볼 수 있었으니까 말이다.

사방으로 뻗친 햇살 아래 눈부시게 후광이 비추던 첫사랑과 동네를 거닐던 추억 하나쯤은 흔히 있을 것이다. 지금은 봄이 오면 꽃구경하기에 바쁘지만, 그때는 길가에 핀 예쁜 꽃에 반했던 기억이 별로 없는 것은 아마도 그 시절, 눈길이 머물렀던 서로가 꽃이었기 때문이리라.

지금 당신의 첫사랑이 어디선가 봄꽃을 눈에 담으며 중후하게 익어가다가, 문득 꽃보다 예뻤던 당신을 떠올리고 있지는 않을까?

어린 날에 피고 지는 것이 꽃과 사랑의 피할 수 없는 숙명이었다 해도, 온통 푸르던 그때가 가끔 그립다. 찰나의 순간이라도 좋으니 그 시절로 돌아가고 싶어서 시계를 거꾸로 돌려, 희미해진 기억을 더듬으며 그때의 나를 만난다.

아... 그 시절의 나는 이토록 눈이 부시게 빛나고 있었구나. 살굿빛 두 볼에 웃음기 가득한 얼굴이 봄 햇살처럼 반짝이고 있다는 걸 왜 그때는 몰랐을까? 시간이 빠르게 지나가는 것도 눈치채지 못한 채 그저 영원히 소녀로 살 줄만 알고 싱그럽게 웃고 있구나. 청춘이라는 게 아이스크림 녹듯이 이토록 빨리 사라질 줄은 몰랐다. 해맑게 웃고 있는 어리고 여린 잎의 나에게 조심스럽게 다가가 두 손을 꼭 잡고 전하고 싶다.

"나는 20년 뒤의 너란다. 감탄이 나오는 너의 빛을 그때는 미처 몰라봐서 미안해. 잊지 마. 청춘은 얄밉도록 짧아서 돌아가고 싶어도 그때로 돌아가는 길이 없단다. 지금의 너를 후회 없이 사랑해주렴. 그렇지 않으면 시간이 흘러서 어린 날의 너에게 용서를 구하게 될 거야. 지금의 나처럼... 정말 미안했다...."

어린 나와 화해하고 나고서야, 눈물 나도록 맑고 순수한 그 아이는 사라지지 않고 내 마음속에 꽃이 되어 살아가고 있었음을 깨달았다.

타임머신을 타고 시간을 되돌릴 수 있다면, 당신은 어떻게 할 것인가? 조금 더 젊었던 청춘으로 돌아갈 것인가? 나는 돌아가지 않겠다. 지나온 시간만큼의 간격이 있기에 아름답게 추억할 수 있고, 삶이라는 치열한 현실은 그때로 돌아가도 똑같을 것이다. 게다가 지금 내 곁에 있는 가족들과 헤어져야 한다면, 청춘으로 돌아갈 수 있는 타임머신을 박살 내버리고 말겠다.

이미 청춘은 지나갔고 첫사랑이라는 꽃은 바람결에 날아갔지만, 과거를 아쉬워만 할 수는 없다. 현재 또한 먼 훗날, 애타게 그리워할 한 시절이 될 테니 지금을 후회 없이 사랑해야 한다. 우리는 유한한 시간을 살아가지만 영원까지 이어지는 무한한 시간 속에서 영원토록 빛나는 존재이기에 과거와 현재, 미래까지도 눈부시게 아름답다.

청춘으로 돌아갈 수 없다면, 아예 당신이 청춘이 되어 버리자. 여전히 순수한 그 마음 밭에 청춘이라는 꽃을 활짝 피워보는 것이다. 긍정의 힘이라는 물을 주며 예쁜 자신을 소중히 돌봐준다면, 마음만은 영원한 청춘으로 살아갈 수 있다고 믿는다.

우리는 모두 누군가의 가슴 속에 피어난 꽃이었으며, 내 삶의 무대에서 멋진 주인공으로 살아간다. 숫자일 뿐인 나이는 내 인생의 조연일 뿐이고, 청춘이든 아니든, 우리 마음속에 꽃을 피우는데 나이 제한은 따로 없다. 매일 매일 씨앗을 심는 인생에는 어떤 새로운 꽃이 피어날지 기대를 걸어본다. 빛바랜 지나간 시간은 예쁜 필름처럼 가슴속에 간직하고, 내일의 해와 같이 새롭게 떠오를 하루를 응원하며, 당신이라는 아름다운 꽃이 영원히 시들지 않기를 두 손 모아 바라본다.

개화, 그리고 봄 (유온유)

겨울 끝자락, 찬바람 속 숨죽여 기다린 꽃망울이
살며시 입을 열어, 봄을 향한 첫인사를 건네네요

어두운 땅속에서 뿌리 깊이 숨었던 꿈들도
햇살을 따라 한 움큼씩 고개를 내미네요

개화는,
긴 침묵 속에서 자라난 시간의 속삭임,
그리움의 끝자락에서 태어나는 빛.

오늘도, 나는 당신을 기다려요,
내 안에 담긴 모든 날이
나의 가슴 속에서 피어나길.

잘될 수밖에 없는 꽃 (이지현)

꽃 중에서 잘될 수밖에 없는 꽃이 무엇인지 아시나요?
'있는 그대로의 나'의 꽃입니다.

사람들은 대부분
다른 사람이 가지고 있는 매력에 휩쓸려
그것을 내 것으로 흡수하려고 애쓰기 마련이죠.
저 또한 그랬고요.

하지만 인생은 그렇지 않습니다.
자신이 가진 색깔을 자신감 있게
빛을 비추는 꽃이 제일 예쁜 꽃입니다.

나의 삶은 내가 개척해 나가야 합니다.
시간은 나를 기다려 주지 않습니다.
해내지 못한 일도
말하지 못한 아쉬움도

내 삶의 주인공은 나이니까요.

버려야 할 감정들이 많다면 모두 다 버리고
상사나 회사 생활 때문에 가슴이 찢어지는 먹먹함을
느껴도
이 또한 지나가리라는 마음으로 삼켜야 합니다.

당신이 어떤 선택을 하든
내 삶의 주인공은 나라는 연극 중 한 시나리오이니
아무리 뿌리 깊은 아픔이 와도 이겨내시길 바랍니다.

기대하는 것이 없으면 포기할 것도 없으니
망설이고 있는 감정들을 내려놓으면
내려놓음이 주는 행복이 따로 있을 것입니다.

나팔꽃 (정지혜)

꽃다운 나이라는 말이 있잖아 왜 시들어 가는 나이라
는 말은 없는 걸까? 꽃이라는 건 지기 위해 피는데 말
이야 참 이상해 꽃이 피었다는 건 꽃이 진 후에야 알
게 되거든 아, 그때가 나의 봄이었구나 그래서 나이
가 든 후에는 꼭 '왕년에'라는 단어로 문장을 시작하
는 거겠지 한때는 눈부시게 만발했으니까 시들어 가
는 표정을 들키고 싶지 않아서 내가 나팔꽃을 좋아하
는 첫 번째 이유야 매일 아침 다시 필 수 있다는 게 얼
마나 큰 위로인지 너는 알까 자고 일어나면 지는 법
을 잊었다는 듯이 화사하게 열리는 꽃봉오리 우린 그
걸 찬란한 희망이라 불러 한번 닫히면 끝이 아니라
새 아침에 새롭게 필 수 있을 거라는 기대 그런 기대
와 앳된 희망이 없다면 우리는 단 하루도 견딜 수 없
을 거야 나팔꽃의 꽃말은 기쁨과 덧없는 사랑 이래
아, 덧없는 한철 생에서 덧없는 사랑이 기쁨이 아니라
면 뭐라고 표현할 수 있을까? 피고 지고 피고 지다가

마침내 꽃봉오리가 흙에 입 맞추는 그 순간까지 나는
기꺼이 덧없는 사랑을 하고 싶어 낭만적이지 않니 덧
없이 끝난다는 게 그게 바로 내가 나팔꽃을 좋아하는
두 번째 이유야

바
람

가장 사랑하는 존재 (김미선)

세월이 빠르게 흐른다는 것을 느껴보셨나요? 저는 아이를 낳고서야 세월이 바람처럼 지나간다는 것을 실감했습니다. 그 속도는 놀라울 정도였으니까요. 분명 시간은 똑같이 흘러가는데 아이가 자라는 속도는 유난히 빠르게 느껴지더군요. 엄마 뒤를 졸졸 따라다니던 작고 귀여운 아이가 훌쩍 커서 자신만의 세계를 여는 사춘기가 되고, 금세 어른이 되어 제 곁에서 독립할 것을 알기에 하루하루가 애틋하고 소중합니다. 이토록 사랑하는 존재가 있기에 바람처럼 지나가는 시간이 야속하기도 하고요.

쏜살같이 지나간 아이의 어린 시절에는 귀를 쫑긋 세우고, 자주 눈을 맞추려고 노력했습니다. 어린아이에게 엄마·아빠의 존재는 우주이자 전부니까요. 나의 품에 안긴 채 편안해 보이는 아이의 얼굴이 손목이 끊어질 듯이 아파오는 통증보다 훨씬 힘이 셌습니다. 내가 가고 싶은 곳을 뒤로 한 채 아이와 집 앞을 산책할 때면, 지저귀는 새소리 같은 아이의 옹알이가 겨울날의 동네 길목을 한여름의 푸른 숲속으로 바꾸기도 했습니다. 제가 좋아하는 반찬을 만들 시간에, 갖가지 재료를 넣어 이유식을 만드느라 바빴지만, 아이가 먹는 모습만 봐도 배가 부를 만큼 황홀했던 것은 아이의 이유식 시절이 다시는 오지 않을 것을 알고 있었기 때문입니다. 잠이 모자라 퀭한 거울 속 얼굴에도, 그저 똑같은 엄마의 얼굴로만 비쳐질 아이를 보며 쪽잠마저 쉽게 청할 수 없었지만, 그래도 행복했습니다. 먼 훗날, 이 평범한 일상의 순간을 가장 그리워하게 될 것이며, 아이와 보내는 시간이 바람처럼 지나가 버릴 것을 모두 알고 있었기 때문입니다.

그 귀여운 아기는 어느덧 10살이 되었고, 저는 늦게나마 꿈을 펼치며 할 일이 많아졌습니다. 더 이상 엄마표 미술을 하지 않아도, 할 일에 치여 아이가 뒷전일 때에도, 아이는 저를 똑같이 사랑해 주고 있습니다. 주방에서 보글보글 찌개를 끓이는 저의 뒷모습만으로도 마음이 편해지는 듯 보입니다. 우리는 바람처럼 지나가는 시간 속에서 여전히 서로를 사랑하며, 존재 자체로 각자 할 일을 다하고 있습니다.

문득 웨딩드레스를 입어보던 날이 생각납니다. 그때는 환상 속의 그대처럼 결혼하고 아기를 낳으면 하하호호 알콩달콩 살 줄만 알았지요. 물론 감사한 지금이지만, 현실 육아는 아이를 뜨겁게 사랑하다 보니 더 어려웠습니다. 아이와 적당한 거리를 두는 일이 서로를 위한 일이라는 것을 배워가면서 사랑에는 차가운 사랑과 한 걸음 뒤에서 믿고 기다리는 사랑, 큰 그림을 보듯 넓은 시야로 바라보는 사랑도 필요하다는 걸 깨달았습니다.

이토록 아이를 사랑하면서도 정작 화를 주체하지 못한 날도 있었습니다. 사랑인 줄 알고 저지른 잘못도 많았고요. 그 덕분에 육아 공부와 감정 조절에 관심을 더 기울일 수 있었고, 지금은 감정을 제법 잘 다스리는 엄마가 되었습니다. 이렇게 살아가고 사랑하는 법을 배워가면서 허물어질 것 같던 사랑의 탑이 견고하게 쌓여왔습니다. 사랑하는 존재에게 좋은 사람이 되어주기 위하여 노력하고 성장하는 여정은 무엇보다 엄마의 소원을 이루게 할 것입니다. 사랑하는 자녀가 편안한 마음으로 잘 먹고 잘 사는 소원 말입니다.

인생이라는 모래시계 속에서 이토록 사랑하는 존재가 있다는 것은 설명할 수 없을 만큼 커다란 감동이자 기적입니다. 세상이 황량한 벌판 같을 때도 있지만, 이 땅에서 오래오래 살고 싶은 마음이 간절합니다. 나를 살고 싶게 하는 사랑이 있으니까요.

언젠가 천진난만한 얼굴로 딸이 물었습니다. 얼마만큼 자기를 사랑하느냐고요. 딸의 얼굴을 어루만지며 대답했습니다.

"너를 향한 사랑은 무한한 우주와도 같아서 크기를 설명할 수 없어. 끝없이 팽창하는 사랑이라서 더 커질 수 없을 만큼 사랑하는데도 자꾸만 커지는 게 신기해.

사랑이란 참 위대해."

사랑은 정말 위대하지요. 사랑을 받고 또 주기 위해 태어난 소중한 사람들이 자신을 바쳐서 스스로를 행복하게 했으면 좋겠습니다. 당신이 사랑하는 가족의 소원이 바로 당신의 행복이기 때문입니다. 위대한 사랑은 간절한 소원을 이루어지게 할까요?

사랑하는 사람들을 바라보세요. 그들은 누가 뭐라 해도 당신 편입니다. 사랑하는 사람들을 소중히 대하면서 함께 걸어가는 길이라면, 누구나 나름의 사랑 꽃을 피우게 되어 있습니다.

이 인생길 속에서 대단한 하루를 고르라면 망설임 없이 가족과 보내는 평범한 하루라고 대답하겠습니다. 사랑하는 가족과 보내는 황금 같은 시간은 지금, 이 순간에도 지나가고 있습니다. 우리는 모두 나이를 먹습니다. 지구별 여행의 마지막 날이 오면 천국으로 돌아갈 우리들이 쓸데없는 사람과 헛된 일에 시간을 낭비하지 말고, 모두 소중한 가정 안에서 사랑하는 존재

와 함께 예쁜 꽃을 피우며 언제까지나 행복했으면 좋
겠습니다.

그대 이름은 바람 (유온유)

참으로 짓궂으신 분이네요
바삐 걸어가는
갈대 아가씨 맘 흔들어
산들산들
춤추게 만들어놓곤.

참으로 짓궂으신 분이네요
황색, 적색
홀치기염색으로 물들인
쪽빛 하늘, 나뭇잎으로 점 찍어놓곤.

참으로 짓궂으신 분이네요
철수가 몰래 널어놓은 이불
한 번, 두 번 세차게 흔들어
흙바닥에 나뒹굴게 만들어놓곤.

참으로 짓궂으신 분이네요

내 마음속 깊은 곳에

살며시 스며들어

비밀처럼 속삭여놓곤.

당신 마음의 온도는 몇 ℃인가요? (이지현)

요즘 문득 궁금합니다.

인생의 여러 가지 바람이 부는데

지금 당신의 바람은 몇 ℃인가요?

그 무엇도 해내지 못한 것 같아서

자책 중이신가요?

삶은 누군가와 비교하면서 살아가는 것이 아니라

내가 행복하다고 누릴 수 있는 곳을 찾아서

안착하는 것이 행복입니다.

나이도 차는데 다들 일하고 있을 시간에

바깥바람을 맞으며

나라는 존재가 값지고 빛나는 존재인지를

잊는 순간이 가끔 있습니다.

행복은 멀리 있는 것 같고
열심히 살아온 것에 비해 자책감도 들고
어디까지 가야만 얻을 수 있는지 의문도 드는
그런 날입니다.

목표가 거대해야만 좋은 것도 아니고
꼭 내가 하는 것이 잘 되어야만 하는 것도 아닙니다.

작은 것부터 하나씩 천천히 해나가며
티끌 모아 태산이 되는 것처럼
나를 행복하게 만드는 것은
내 마음의 바람의 온도입니다.

하루하루 우울해하면서 속상해하지 말고
내 삶의 주인공은 나이고
있는 그대로의 나를 사랑해 주세요.

바람과 바람 (정지혜)

시작하는 바람과 가벼운 바람
머무르는 바람과 스치는 바람
바람은 종착역이 없으니까
무언가를 바라는 마음은
솔바람이 되어 새처럼 날아간다

바라고 또 바라면 해를
바라보는 해바라기처럼
하늘을 올려다보는 자세가 된다
응시할 곳이 하나밖에 없다는 듯이
목은 길어지고 입은 반쯤 벌어진다

불어오는 방향과 불어가는 방향
떠나온 사람과 떠나갈 사람 틈에서
지친 바람이 쉬어가는 공간을
'바람 역'이라고 부르자

바람이 한숨 자고 일어나
기지개를 켠다

바람이 귓가에 닿으면
지나갔거나 지나가고 있는
다가왔거나 다가오고 있는
그 모든 바람에 대해
바람의 방향성에 대해
논의하기로 하자

바람을 단죄하고
무기징역을 선고한다
피고인 바람의 죄명은
더 이상 바랄 게 없다는
거짓말과 무기한 희망 고문

찰랑거리는 바람을 마시고
쏟아지는 바람을 막는다
도망가는 바람을 쫓고

숨겨진 바람을 훔친다
바람이 킬킬킬 웃는다

제 4장

모든 계절을 돌아온 당신에게

김
미
선

따뜻한 말은 별이 된대 (김미선)

말이 누군가의 가슴속에 박히면 별이 되거나 못이 되어 살아간대. 별이 되진 않더라도 상관없지만, 못의 주인은 나니까 남의 가슴에 못 박고 살지는 말아야겠어.

사람이 살면서 뱉어내는 험담의 무게는 얼마나 될까? 어쩌면 짊어질 수 없을 만큼 무거울지도 몰라. 말은 정직하고 강력한 힘이 있어서 입으로 내뱉고 나면, 한 치의 오차도 없이 그 입으로 고스란히 찾아간대. 입으로 쏘아 올린 뾰족한 화살이 본인에게 되돌아오는 건 자기가 저지른 일의 결과일 뿐이지.

잘 알지도 못하면서 남을 멋대로 깎아내리며, 뒷담화를 일삼고, 무례함을 솔직함으로 포장한 채 함부로 상처 주는 말에는 아무런 힘이 없어. 그저 악하고 약한 말일뿐이지. 그런 말이 누군가의 가슴에 흉터를 남긴다니 참 씁쓸하지만, 흉터의 진짜 주인은 내가 아니라는 사실을 잊지 말아야겠어. 그러니까 예쁜 말은 안 하더라도, 못된 말은 하지 말자.

말 한마디는 평생 빼낼 수 없는 못이 되어 박히기도 하지만, 가슴속에 별이 되어 소중한 영혼을 반짝반짝 비추기도 한다지. 말 한마디에 영혼이 파괴되기도 하고, 환하게 빛나기도 하다니 말조심은 정말 필수인 셈이야. 못된 말은 휙휙 던져버리되 따뜻한 말은 마음속에 쏙쏙 넣어서 간직하는 게 좋겠어.

종종 말 속에 아름다운 꽃향기가 풍기는 사람을 보게 되면, 향기로운 언어 습관을 갖추기까지 얼마나 많은 말 씨앗을 심었을지 궁금할 때가 있어. 뿌린 대로 거두는 세상에서 아무런 노력 없이 좋은 것을 가질 수는 없는 법이니까.

이런 사람에게 나쁜 말이 귀에 들어가려고 할 때, 당장 달려가서 예쁜 귀를 막아주고, 날아오는 그 나쁜 말로 홈런을 치는 상상을 해보면 은근히 통쾌해져. 몹쓸 말은 멀리 날아가 버려야 마땅해. 고작 방망이에

휘둘리고, 쉽게 부서져 버릴 만큼 못 된 말 따위가 고운 마음에 담기기엔, 그 마음 밭이 너무 소중하고 귀한걸.

말로 받은 상처가 있다면 이 사실을 기억해 줘. 그 예쁜 마음에는 이미 넘치는 꽃과 별들이 살고 있다는 것을... 나를 맑게 정화하는 것들에 집중하면서, 내 안의 좋은 소리에 귀를 기울이고, 내 몸속 어딘가에 자리 잡은 평화와 행복을 찾아보는 거야. 그러다 보면 귀를 두드리는 사랑의 말이 꽃잎처럼 살포시 그 안에 내려앉으리라 믿어.

말의 힘을 알고 있는 당신에게 예쁜 말만 흘러 들어갔으면 좋겠다. 악한 말에는 상대방의 마음에 흠집을 내는 고약한 힘이 있지만, 다정한 말에는 따뜻함이라는 강력한 힘이 있잖아. 말의 가치를 알고 힘을 바르게 쓰는 사람들이 꼭 알았으면 좋겠어. 봄꽃은 한겨울에 볼 수 없지만, 당신이 전하는 따뜻한 말 한마디는 사계절 내내 아름다운 꽃을 살아 숨 쉬게 한다는 걸.

따뜻한 말을 하는 사람에게 전하고 싶어. 당신은 소중한 생명의 마음을 치료하는 위대한 사람이라고.

당신의 입에서 나온 따뜻한 말 한마디는 누군가의 마음 깊은 곳의 상처를 아물게 했고, 그 자리에 아름다운 별이 되어 보석처럼 빛나고 있다고 말이야.

빛과 어둠 (김미선)

빛과 어둠은 누구에게나 존재합니다.

어쩌면 마음이라는 땅이 시작되는 맨 처음부터 어둠과 빛이 함께 싹트는 것일지도 모르겠습니다.

태풍이 지나간 고요한 밤에 평범한 일상의 소중함을 느껴본 적이 있으신가요? 아름다운 별을 더 빛나게 하는 것이 어둠이기도 하듯이, 우리 안에 어둠이 있기에 흐릿한 빛마저 선명하게 빛날 수 있습니다. 나를 움츠러들게 하는 것이 에워싸고 있을 때, 칠흑 같은 어둠 속에서 빛나고 있을 환한 빛을 떠올려보면 어떨까요? 미약한 빛일지라도 내가 가야 할 길을 밝혀줄 테니까요.

만약 마법의 구슬을 통해 마음 안을 눈으로 볼 수 있게 된다면, 캄캄한 어둠 속에 외로운 초승달 하나가 떠 있을지도 모르겠습니다만, 헤아릴 수 없이 많은 별도 보석처럼 빛나고 있을 것입니다. 내 안에 보물이 가득했다는 사실에 행복한 비명을 지를지도 모를 일이죠. 캄캄한 바탕이 있기에 길을 잃는다 해도, 결국 내 삶의 빛을 따라갈 수 있습니다. 암흑천지인 우주에서 반짝거리는 행성처럼 말이지요.

무더운 여름날, 새파란 바다를 바라보며 쉬어가는 그늘처럼 마음속 어둠도 무조건 몰아내야만 하는 부정적인 것이 아니라고 생각하니, 마음에 그늘이 드리워질 때도 웃음을 되찾기까지 마음이 한결 편안했습니다.

색은 빛에 따라 시시각각 변합니다. 우리가 바라보는 풍경 또한 빛에 따라 변하듯이 빛은 우리의 내면마저도 변화시킬 수 있습니다. 짙은 검은색 속에 존재감을 뽐내는 빛을 찾아서 마음을 여행하다 보면 내 안의 풍경들이 변할 수 있겠지요. 어두운색을 받아들이고, 빛 한줄기도 소중하게 여기면서, 내 삶의 온전한 주인인 나를 다양한 색으로 색칠해 가야겠습니다.

어느 곳에나 어둠과 빛이, 기쁨과 슬픔이 공존한다는 것을 인정하고 어둠으로 인해 내 안에서 발견한 작은 빛으로 길을 밝혀 한 걸음씩 나의 길을 걸어가다 보면 어느새 나만의 날개로 훨훨 날고 있지 않을까요. 가장 멀리 날고 있는지, 누구보다 높이 날고 있는지를 우선순위에 두지 않고, 나만의 날갯짓으로 자유롭게 날아오르는 것에 집중하다 보면 삶이 한결 더 편안해질 것입니다. 세상은 순위를 매기지만, 내 삶의 우선순위는 나만이 정할 수 있으니까요.

우리는 누군가를 위로하고 응원하는 데 마음을 많이 쓰지만, 스스로에게는 인색할 때가 많습니다. 정작 응원과 위로가 필요한 사람은 바로 나 자신인데 말이죠. 숨겨둔 깊은 한숨은 누구보다 본인이 가장 잘 알고 있으니까요. 자신의 감정을 있는 그대로 받아들이며, 스스로 꽤 괜찮은 사람인 것을 알아봐 주고, 원하는 삶을 위해 용기를 내다보면, 어둠이 걷힌 자리에 남아 있는 수많은 빛이 긍정의 꽃을 피워내도록 당신을 따뜻하게 감싸줄 것입니다.

당신의 빛은 처음부터 당신 안에서 탄생했기에 잃어버릴 수도, 사라질 수도 없으며, 삶의 끝까지 영원토록 함께 할 것입니다. 이토록 눈부시게 빛나는 당신을 어둡게 하는 것은 무엇인가요? 원치 않는 스트레스가 자꾸 달라붙는다면 과감하게 떼어서 던져버리세요. 소중한 당신을 환하게 비춰줄 오로라 빛이 데굴데굴 굴러올 것입니다. 상상만으로 행복해지지 않나요.

 나라는 빛이 세상 밖으로 퍼져나갈 때 우리는 그 빛으로 서로를 밝게 비춰 줍니다. 아프지 않은 사람이 없는 우리 서로를 말이죠. 시리고 혹독한 아픔을 견디며 간직해왔을 당신의 참된 빛을 생각하니 가슴이 아려옵니다. 이런 서로를 측은하고, 귀하게 여기다 보면, 어느새 찬란한 빛이 세상을 가득 채울 것이라고 믿어 봅니다.

같은 시대에서 모두 돌고 돌아 연결된 우리들을 전부 작은 별이라 생각하면, 헤아릴 수 없이 많은 별 중에 소중하지 않은 별은 하나도 없겠습니다. 귀한 별이 빛

의 길을 걸어갈 때 저도 따르렵니다. 우리 함께 반짝
반짝 빛나기로 해요.

너와는 영원히 작별하고 싶지 않다 (김미선)

우리의 시간이 애틋한 까닭은
언젠가는 마지막이 있음을 알기 때문이리라.

영원히 오지 않을 것 같은 작별의 날이 찾아온다면
그때 나는 어떡해야 하나.

애타게 나를 찾는 너에게 한 걸음도 갈 수 없게 된다면
그때 나는 어떻게 해야 너를 만날 수 있을까.

나를 향한 그리움에 굶주려 가는 너에게
밥 한 그릇 퍼 줄 수 없게 되고

엄마 냄새로 마음을 달래는 너를
더 이상 내 품에 안아줄 수 없게 된다면

나는 아주 먼 곳에서
발만 동동 굴리며 빈 가슴만 치고 있겠지.

아무리 간절히 원해도
너와 1초도 닿을 수 없게 될 때
그제야 비로소 가장 큰 슬픔이 무언지 알게 될 거야.

지금 내 눈앞에 토라진 네 얼굴이 보인다.
내게 마음껏 심술부려주어서
내 눈동자 속에 들어와 주어서 고맙다.

지금 너를 꽉 안아줄 수 있어서
너에게 대답해 줄 수 있어서
나는 다시 태어난 기분이다.

네가 백발 할머니가 되어도
너는 나의 영원한 아가.

세월이 바람처럼 지나간다 해도
나 사는 그날까지 너의 버팀목이 되어 주리라.

살기 힘든 세상이라 해도
결코 홀연히 떠나고 싶지 않은 것은
나 너와는 영원히 작별하고 싶지 않기 때문이다.

빛 자리 (김미선)

하루 종일 남을 위해 빛을 내고도
자신이 한 일이 적다고 얼굴을 붉히는 겸손한 해님

조용히 은은한 달빛을 비추어주는 착한 달님

누군가에게 빛을 비추어주는 이는
눈부시도록 아름답다.

부끄러운 해님이 내려주는 고마운 햇볕을 쬐며
빛 자리에 앉아 햇살을 닮은 이에게 편지를 쓴다.

추운 겨울이 지나가고
봄빛과 사랑이 포개어져 새봄이 다가오네요.
이 계절, 우리의 시간이 겹칠 때
찬란한 순간이 피어날까요?

나는요. 당신이 비춰준 따스한 빛을 타고
벌써 꽃 피는 봄에 도착했습니다.

언제나 나를 배웅해 준 당신을
마중하러 가는 길에
세상에서 가장 예쁜 꽃길을 만났답니다.

당신이 전해준 따스한 빛은
무엇 하나 피어나지 않던
메마른 마음 땅에 생명의 꽃을 피우게 했지요.

빛에 빛을 더하여
내게도 아름다운 빛이 있음을 알게 해준
당신을 기다립니다.

빛 자리에 서서
빛다발 한 아름을 안고
당신을 기다립니다.

유
온
유

선 (유온유)

적정거리를 유지하는 방법을 안다. 언젠가부터 자연
스레 알게 되었다고나 할까.
아무리 가까워도 선이 없는 관계는 꽤 위험하다.
그런 관계는 잠깐은 행복해 보이나.
장기적으로 볼 때는 서로에게 악영향을 끼치기 때문
이다.
선은 우리의 삶에서 여러 형태와 모양으로 나타난다.
우리가 처음부터 가지고 있는 선도 있고,
살아가면서 어쩔 수 없이 생기는 선도 존재한다.
그것은 결국 '나'라는 존재를 지키기 위해, 불가피하
게 생기고 만들어진 것이다.

글을 자주 쓰는 나의 경우도 삶에 있어 뚜렷한 선과
기준이 있다.
기분이 좋지 않은 일이 있을 때, 가급적이면 당사자한
테 직접 그 일을 말한다.

겪어보지 않은 일에 대해 함부로 판단하지 않는다.

나와 가치관이 완전히 다른 사람도 삶에서 겪어온 이야기를 들어보고 공감과 존중할 부분이 있으면 존중한다.

체력이나 감정적으로 좋지 않아 상대에게 나의 기분을 고스란히 드러낼 정도가 되면 사람을 만나지 않고, 메신저 확인을 잠시 쉰다.

물론 경우에 따라 선을 조절해서,

잠시나마 나의 바운더리를 열어주는 경우도 있고

그다지 좋지 않은 경우라 판단될 땐

선 자체를 아예 차단해 버리는 경우도 있다.

글을 읽으며 당신은 선이 있는 사람에 대해 이해할 수도, 이해하지 못할 수도 있겠다.

그러나 궁극적으로 선이 뚜렷이 존재하고, 선을 만드는 사람들에 대해

나의 입장에서 그들의 마음을 이렇게 한마디로 설명하고 싶다.

'나는 당신이란 존재가 소중해서, 당신을 더 오래 보고 싶습니다.

그러니, 나라는 사람을 존중해 주세요. 부탁합니다.'

동경 (유온유)

열아홉의 나는 스물의 나를 많이 동경했어, 그때의 내게 비친 스물은 환상적이고, 이상적이었어. 그럴 수밖에 없었겠지. 겪어본 적이 없으니까, 드라마에 나오는 모습들만 봐왔으니까.

로맨스 드라마 속에서, 보통 20대 어른들은 낭만적이고 아름답게만 그려져.

상처받고 힘들어하고, 커다란 일들을 겪다가도, 씩씩하게 금방금방 일어나 뚝딱뚝딱 힘든 일들을 쳐내고, 척척 멋지게 커리어를 쌓다가, 결국엔 성공해서 아름다운 누군가와 영원한 사랑을 약속하지.

음, 글쎄. 드라마와는 달리, 스물둘의 나는, 그리 아름답지 않았어.

나의 옛날 속엔 예쁘게 편집된 부분들만 있는 게 아니었거든.

그때의 나는 숨통을 죄이는 집채만 한 고민들 사이에

서 하루하루 깎여가고 있었고, 사랑에도 완전히 실패한 상태였으니까.

지금도 마찬가지야, 열아홉의 내가 스물의 나를 갈망하고 동경했던 만큼, 나는 완벽하지 못해.
다만 나는 나의 어디가 못났는지 알고, 받아들일 수 있는 부분들은 받아들이고, 당장엔 바꿀 수 없어 보이는 부분들은 점차점차 바꿔 나가야 한다고 생각할 뿐이야.
나는 그런 나를 인정하고, 나를 더 사랑하고, 내가 좋아하는 것들을 지켜나가려고 노력하고 있어.

요즘은 모두들 정신이 없어. 갈수록 현실은 점점 삭막해지고, 사람들은 내면을 돌아보는 것을 힘들어하고 있지.
이런 현실 속에서 나를 사랑하는 방법을 계속 찾아내지 못한다면, 결국 나는 물에 빠진 사람을 이끄는 게아니라, 깊은 수렁 속에 함께 빠지는 삶을 살게 될 거야. 그러고 싶진 않더라.

동경, 요즘 내 머릿속엔 동경이란 단어가 자주 스치고
지나가고, 때문에 나는 이 감정이 무얼까 자주 곱씹고
생각하곤 해.

예전의 나는 동경을 지나치게 이상적인 감정으로만
바라봤어. 상대의 단점이 없다고 판단될 정도로 상대
를 바라보게 되었을 때 드는, 순간적인 감정이 동경이
라고 생각했지.

지금의 나는 동경이란 감정이, 단점이 있다는 것을 이
미 알고 있음에도 불구하고, 닮고 싶어 하게 될 때, 그
리워하게 될 때, 바라게 될 때, 애틋함을 느낄 때 갈망
하게 되는 감정이란 걸 알아.

우리의 삶에서, 완벽이란 것은 존재하지 않으니까 말
야. 특히, 사람이란 존재는 더 그렇고.

요즘의 나는 자주 상상한 것과 어긋나버린 것들을 동
경하곤 해.

어긋나 버린 나의 이상과 관계 사이에서, 나는 가끔
갈피를 잡지 못하고 털썩 주저앉아 버리곤 해,

그러나 이런 과정들이 계속 반복되고 나면, 나는 결국

삶이 무엇인지 알게 될 거야.

내가 기억하지 못하는 나의 실수들과, 기억하는 나의
실수들이 있지만.
나는 최선을 다하고 있고, 결국에 뒷걸음질할 수 없기
에, 나는 나의 삶을 사랑해야만 할 거야.
좋아하는 프랑스어 노래, 'va va vis'에는 이런 가사가
나와.
'우리 눈 깊숙이 잉크를 떨어뜨려, 항상 앞을 보게 해
야 해. 시간은 절대 널 기다려 주지 않아.'

가만히 숨을 쉬는 동안에도, 깊은 잠에 빠져드는 순간
에도, 어느새 나는 서른의 나를 향해 달려가고 있어, 느
린 거북이의 걸음을 걷는 것 같지만, 눈치채지 못할 정
도로, 순식간에 그 걸음은 토끼의 뜀박질로 바뀔 거야.

요즘의 나는, 서른의 나를 '동경'하고 있어.

우리의 크고 작은 문제들은 완벽히 해결될 수 없다는
걸 이미 알고 있지만,
그러나, 그런 내가 갈수록 깊어진다면, 그래서 바쁜
나의 삶 속에서 지쳐있는 누군가에게 조용히 손 하나
가만히 얹어줄 수 있다면, 삶은 그 자체로 의미가 있
는 것일 거야.

서른의 나는 누굴 만나고 있을까, 어떤 친구들이 곁에
있을까. 어떤 생각을 할까, 지금과 얼마나 많이 달라
져 있을까.

어쩌면, 모르지.
열세 살의 내가, 스물셋이 되어서 열세 살 때 사이가
안 좋았던 친구와 자연스럽게 화해했던 것처럼.
많은 것들이 달라져 있을 수도 있을 것 같아.

아니 어쩌면,
서른의 나는 지금의 나를 동경할까, 그럴까.

조금 더 무모했던 나를 말이야.

사실 아직은 잘 모르겠어, 그러나 확실한 건-

지금의 나는, 최대한 많은 것을 사랑하며 살아가고 싶어.

육개장 (유온유)

"웬일로 육개장이야. 컨디션도 안 좋으면서."

부글부글 갖가지 재료들을 넣고 정성스럽게 육개장을 끓이는 엄마에게 내가 물었다.

"응, 그냥 내가 먹고 싶어서. 뭐 부침개를 하는 것도 아니고, 이 정도야 뭐."

엄마가 건넨 뜨끈뜨끈하고 빠알간 국물이 담긴 넓은 국그릇을 가만히 들여다보고 있자니, 문득 할아버지의 장례식에서 먹었던 육개장이 떠올랐다.
장례식장의 분위기는 정말 이상하다. 분명 방에 들어가기 전까지 복도에는 온통 환한 전구 불빛들이 가득한데, 이상하게 굉장히 어두운 느낌이 든다.
그리고 무언가가 텅 비고 무언가가 떠난 것 같은. 어딘가가 결여되어 있는 것만 같은. 이상하리만치 공허

한 느낌이 든다.

어색한 초상화와 그 앞에서 풍겨오는 향냄새에는 슬픔이 가득 배어 있다.

검은 양복과 검은 정장을 입은 엄마와 아빠의 모습이 참 낯설었다. 천방지축인 조그마한 아이들마저 검은 티셔츠를 입고 있다. 당시 어렸던 나는, 뭘 모르고 고개를 갸웃거리며 육개장 그릇을 받아들였다. 육개장은 따뜻하고 맛있었다. 나중에야 알았다.

자기 옥수수 아이스크림마저 먹으라고 손녀를 위해 내어주신 당신을. 알츠하이머라는, 머리에 텅 빈 구멍을 만드는 무서운 병 때문에 나를 알아보지 못하시고 자주 다시 물어보곤 하셨던 당신의 모습을 이젠 더이상 보게 되지 못하리라는 것을.

당신이 떠나가고 난 후에 그때의 소녀는 자라서 지금이렇게 아가씨가 되어 있고. 이 아가씨는 무언가 비밀번호를 설정해야 할 때 자주 9012를 쓴다. 당신의 생일과 당신과 함께했던 몇 없는 소중한 기억을 추억하기 위해서이다.

한량없는 은혜를 자식에게 베푸시고도 손자와 손녀에게까지 물려 주셨던 당신을 내가 어떻게 잊을 수 있을까.

가만히 생각에 잠겨 따뜻한 육개장을 뒤적거리다 나는, 왜 장례식장에선 육개장을 먹는가, 이제야 깨달았다. 숙주나물, 토란 나물, 대파, 소고기. 갖가지 영양소가 고루 갖춰진 재료들이 가득 담긴 이 육개장 한 그릇에는, 파도처럼 밀려오는 슬픔에 잠겨 목이 메고, 폭포수처럼 쏟아 내린 눈물에 지쳐 기운이 빠진 사람을 위한 따스함이, 배려가 숨겨져 있었다.
밥 위에 콩나물과 숙주나물, 갖가지 재료들과 함께 빠알간 국물을 부어 비비며 생각했다.
감당하기 힘든 슬픔과 아픔에 잠겨있는 사람들에게, 육개장 한 그릇 같은 사람으로 남고 싶다고.
굳이 말하지 않아도, 상투적인 위로를 건네지 않아도.
따뜻한 온기를 전할 수 있는, 그런,
투박하지만 정감 있는 사람이 되고 싶다고.

날 좋아하는 존재들 (유온유)

날 좋아해 주고 내게 다가와 주는 존재들이 좋다. 내가 생각하는 나는 마치 상냥한 고양이와 같아서, 나에게 손을 내밀어주는 사랑스러운 존재가 있으면 마음속의 몇 번의 타협 끝에 못 이기는 척 그 손을 잡는다. 예전 나의 성격은, 고양이보다는 강아지에 더 가까웠다. 마음에 들어, 친구가 되고 싶은 누군가가 생길 때면 늘 먼저 다가가 그 아이가 나와 친구가 돼줄 때까지 가만히 안 놔두곤 했다. 그 덕에 아직까지 내 곁에 남아있어 주는 고마운 친구들이 있다.

그런데, 어느 순간부터는 다가오면 다가오는 대로 멀어지면 멀어지는 대로 사람을 가만히 놔두는 나를 보게 되면서 성숙해지고 있구나, 하고 생각하게 되었다. 학생 때에는 지금보다 사람에게 많이 집착하곤 했었다. 시간이 좀 흐르고, 나를 돌아보면서야 알았다. 사람은 흐르는 시냇물 같은 존재여서, 물이 고여 내 발치 앞에 웅덩이를 만들어줄 때면, 나는 그 웅덩이 속에서 행복하게 많은 것들을 하며 시간을 보낼 수 있지만, 그렇지 않고 그저 흘러가 버릴 때면 내가 할 수 있는 것이 아무것도 없다는걸.

'열 길 물속은 알아도 한 길 사람 속은 모른다'라는 속담이 있다. 그 속담을 조금 다른 방식으로 해석해 보면, 사람은 흐르는 냇물 같은 존재니, 오면 오는 대로 가면 가는 대로 두자고 생각해 볼 수 있다. 누구의 잘못도 아니다. 그 사람의 생각과 내 생각이 달랐을 뿐이고, 그 사람의 언행으로 인해 내가 상처받았다면. 그 사람의 마음 밭의 크기와 나의 마음 밭의 크기가 달랐을 뿐이다. 그러니 나는 섣부르게 조언하기보단 나와 마음의 계절이 맞는 사람, 마음 밭의 크기가 비슷한 사람을 만나 가까이 두면 된다.

어쩌다 정말 좋은 사람을 곁에 두고 오래오래 좋은 대화를 나눌 기회가 찾아온다면, 어쩌면 그 사람이 나의 마음속으로 들어와 나의 마음 밭을 비옥하게 일궈줄 수도 있다. 그러면 나도 그 사람의 마음 밭에 조심스레 다가가 그 사람의 마음 밭을 기름지게 해주는 일에 신경 쓰면 된다. 그렇게 살아가면 된다.

이
지
현

나도 오늘이 처음이라서 (이지현)

처음에는 누구나 서툴기 마련이지요.
그럼에도 불구하고 상대방의 마음을 움직일 수 있는 것은
내적에서부터 나오는 자신감입니다.

사람마다 가지고 있는
매력은 다 다르지만 그 사람과 대면했을 때
부끄러움을 많이 타는 사람과 밝고 환하게 웃음을 지으며
인사를 건네주는 사람 중 시각적으로 더 매력이 느껴지고
마음의 온기가 더 편안하게 느껴지는 사람은
두 번째 사람입니다.

무엇이든 새로운 곳에 가면 내가 해봤던 일이든
안 해봤던 일이든 실수하고 미흡하기 마련입니다.

그 생활 속에서 자신감은

나의 실수를 용서를 해줄 용기,

즉 미움받을 용기의 무게감을 덜어줍니다.

아무것도 몰랐을 아기 때로 돌아가고 싶지만

과거에 연연해 봤자 돌아오는 건 없기에

현재와 미래를 위해 오늘도 어김없이 헤쳐나갑니다.

어른도 미완성된 존재입니다.

엄마도 엄마가 처음이라서

아빠도 아빠가 처음이라서

어른도 어른이 처음이라서

인생이라는 초행길 (이지현)

안녕하세요.

점점 여름이 길어지고 있는 날씨 가운데 오로지 돈만 보며 똑같은 일상을 지내고 있어 유독 더 지루한 요즘입니다.

어렸을 적은 빨리 어른이 되고 싶었지만 현실은 거의 영원한 지옥에 갇힌 것처럼 숨쉬기도 힘듭니다.

불과 몇 년 전까지만 해도 주말만 되면 드립 커피 전문점도 찾아가서 원두의 향과 배경을 음미하며 책을 읽어가면서 아무 감정 없이 바깥에 저녁에 해가 지고 반짝거리는 거리의 불빛들만 봐도 예쁘고 뿌듯하던 시절이었는데 말이죠.

인생은 참 짧은 것 같습니다.

그리고 정말 어려운 초행길 같습니다.

나의 삶은 전혀 부유하지도 따뜻하지도 않은

차가운 냉골의 다 죽어가는 세포 같은 인생이었지만

앞으로의 미래는 지금보다 더 힘들다는 걸 알아버려서
인지 이제는 더 이상 낼 힘조차 없는 요즘입니다.
그래서 달달한 초콜릿이 더 필요한 하루입니다.
어렸을 때도 외롭고 어른이 돼서도 외로운 저는 언제
쯤 안 외로워질 수 있을까라는 물음과 동시에
인생은 원래 혼자라는 생각의 교집합이
오늘도 나의 잠을 못 자게 방해합니다.
그저 이 밤을 빨리 지새우고 싶은 마음뿐입니다.

봄이 되면 밖에만 나가도 바람에 흔들리는 꽃들처럼
적당한 따뜻함과 적당한 바람을 마시며 춤을 추는 그
런 인생을 꿈꿔 왔지만, 현실은 너무 고독합니다.
그리고 마치 인생이라는 초행길은
봄날에 흔들리는 꽃들의 배경과 동일한 느낌을 주는
것 같습니다.

우리나라는 봄 여름 가을 겨울 이라는 사계절이 있고
봄이 되면 많은 꽃이라는 식물이 전국적으로 피어납
니다.

인생도 이와 같습니다 봄처럼 적당히 따뜻하고 적당한 바람이 부는 달콤한 날은 짧고 나머지 날씨는 항상 뾰족한 장단점과 공허함 또는 피어나는 때를 준비하는 시기라 밝고 어둠이 무수히 반복됩니다.

요즈음에는 내가 지금까지 온 길도 이렇게 고단했는데 더 살면서까지 고통스러울 이유가 있을까라는 생각도 시간 분초 단위 안 가리고 수없이 세뇌입니다. 마음의 아픔은 곧 죽음에 이룰 수 있다는 걸 깨닫는 요즘입니다.

저의 마음은

책이라는 제3자의 문서 하나만 믿고 살고 있는데

여러분 마음의 현상 유지 방법은 무엇인가요?

주식 같은 인생 (이지현)

남이 잘 됐다는 소리 듣고
내가 뭐라도 되는 줄 알고
같은 곳에 투자했는데
투자하는 족족 다 떨어지기만 하는
내 인생 같은 주식 그래프

이 참담함은 나의 매력을 보존하지 못하고
남의 매력을 탐했을 때의 행실에 대한 결과다.

가끔 잃고 산다.
무엇을 위해 살고 있는지
무엇을 향해 살고 있는지

그 정답은 나라는 걸 알지만
회피형 인간의 특성상 진로나 미래가 투명하기에
정답인 그 단어조차도 투명하게 보관한다.

언제까지 이 사업을 물고 있을지
언제까지 돈을 모아야 할 것인지
가끔 열심히 살다 보면 어디서 맺고 끊어야 할지
타이밍을 모르는 시기가 온다.

현재 진행 중인 나의 '인생'이라는 과업도
맺고 끊음이 어려운데 미래 나의 인생 그래프인
상향 평준화 시대에 나의 그래프의 위치는
어떻게 가늠할까요?

하루하루 걱정 근심을 달고 사는 여러분

남들도 다 그렇게 삽니다.

바쁜 현대사회의 지옥철도
자영업을 하시는 분들도
육아하고 있는 워킹맘도
모두 다 걱정 근심을 무겁게 쥔 채로
그 무거운 마음들을 소지하고 살아가는 겁니다.

그러니 남이 잘됐다는 말을 들어도
때로는 운으로, 때로는 실력으로, 때로는 타이밍으로
잘 된 것을 응원해 주는 것으로 끝낼 뿐
경험 없이 너무 쉽게 욕심내는 것은 좋지 않습니다.

인생은 많은 고통과 아주 작은 희락이 보존하는 우주
와 같은 미지의 행성계입니다.

남의 매력을 흉내 내기에는 너무 짧은 시간입니다.

나의 인생을 책 한 권으로 작성하는데
실패도 없고 경험도 없고 남의 것만 탐하기만 한다면
페이지 수가 부족합니다.
여러 권도 아닌 한 권으로 작성하는데
내용이 없는 인생을 살고 떠나기엔
우주에 손님으로 온 우리의 흔적이 너무 부족할 따름
입니다.

역사가 없어 역사 없는 손님으로 남기에는
스치면 돌아오지 않는 시간들이 아깝습니다.

나의 인생이 스토리 있는 마침표가 되기 위해서는
여러 가지 고난이 따라오는 건 자연스러운 것입니다.
그러니 그 자연스러움에 지치지 마시고 현재의 오늘
에 최선을 다해 살아가시길 바랍니다.

인상 (이지현)

면접에 합격하기 위해서 제일 중요한 건 무엇일까요?
감히 말씀드리는데 자신감 넘치는 긍정적인 '인상'이
라고 말씀드리고 싶습니다.

살다 보면 때로는 부정적이지만 지적으로 명확한 사
실을 중시해야 할 때도 있지만 저는 긍정의 힘은 부
정의 힘을 이길 수 없다 생각합니다.

사람은 다 다르게 태어났고 그 뾰족한 마음이나 행동
을 바꾸려면 무수히 많은 사랑과 시간이 들어가기 마
련입니다.

하지만 모든 걸 사랑의 힘으로 이겨낼 수는 없겠지만
어떠한 틀어진 상황이나 관계 속에서도 가까이 들여
보면 서로의 배려와 이해가 부족해서 나타난 현상이
기에 서로의 다른 점을 존중해 주며 인정해 주고 감
사해 주며 사랑해 주면 좀 더 나은 결과를 이끌 수 있
다고 생각합니다.

면접도 마찬가지입니다.

사실 현실적인 배경은 경력자가 합격하게 되는 경우가 많은 것일 뿐이지 정말 그 사람의 '인상' 즉 자신감 있고 웃는 얼굴로 말을 예쁘게 잘하고 긍정적인 인상을 가진 호감형 인재라면 오히려 경력직들이 무서워하는 존재일 따름입니다.

그러니 자신감을 가지세요.

본인이 본인을 사랑할 줄 알고 자신감을 탑재시켜 예쁜 말과 예쁜 미소로 상대방을 제압할 수 있다면 그 무엇도 두려울 게 없습니다.

회사 면접뿐만 아니라 모든 면접은 곧 즉 본인의 인생 면접과 동일합니다.

그 사람의 인상을 보면 지금까지 살아온 흐름의 온도가 보이고 외적인 겉모습을 보게 되면 그 사람이 얼마나 부지런한지 판단하게 되고 가족 사항과 경력 사항을 보게 되면 얼마나 열심히 살았나를 체크하게 됩니다.

회사 면접을 붙기 위해 준비해야 하는 것이 아닌 인생 면접을 보는 것이라 생각해야 합니다.

회사가 인재를 뽑는 입장인 것이지 인재는 본인의 인생을 면접으로 준비해서 드러내는 스타일링의 마침표를 준비하는 것이고요.

한 카페였습니다.

매니저인 저는 사장님을 대신해 인재를 채용해야 하는 상황이 생겼는데 저의 마음을 이미 누구를 채용할지 정해져 있습니다.

경력직이면 좋긴 하겠지만 아무래도 경력 없는 신입이어도 되니 긍정적인 인상과 자신감 있는 모습의 신입을 뽑을 겁니다.

경력직을 뽑아야 손이 덜 가고 덜 힘들고 원재료가 축적되는 건 사실이지만 경력직은 그 사람의 방식이 탑재된 사람이기에 그것을 깨기가 쉽지 않아 어렵습니다.

반면에 신입인 경우에는 손은 많이 가지만 근본적인 태도와 레시피를 가르칠 수 있고 업무가 미흡해도 인사성과 목소리와 응대가 너무 친절하다면 없던 돈도 더 주고 싶은 마음이지요.

모든 인생은 상황과 타이밍이 맞아떨어져야 합니다.

그리고 여러분들이 이 책을 읽고 자신감을 얻고 원하고자 하는 것을 꼭 이루길 소망합니다.

정
지
혜

좋다 (정지혜)

비 내리는 오후
저물어 가는 가을이 아쉬워
차를 타고 집을 나섰다
라디오를 들으면서
창밖의 단풍을 구경했다

나른해져서
조수석에서
깜빡 졸았다

일어났어?
좋다
드라이브만 해도
새빨개서

내가 좋아하는

중저음의 목소리로
그가 말했다

라디오에서는
조규만의 <우리 산책할까요>가
잔잔히 흐르고 있었다

케이크 먹으러 갈까?
그래

정말 좋았다

우리만의 공간에서
깊어진 가을을
만끽할 수 있어서

화려하지 않아도
모든 것이
적당하고 편안해서

후회에 대한 단상 (정지혜)

너와 헤어지고 하는 것
만약에로 시작하는 것
부질없는 줄 알면서도 하는 것
이별 노래에 단골로 등장하는 것
무덤에 들어갈 때까지 하는 것
가슴 한구석이 시큰해지는 것
구름처럼 차곡차곡 쌓이다가
소나비처럼 쏟아지는 것
밀물처럼 몰려왔다가
썰물처럼 흩어지는 것

너를 만나고 하는 것
온갖 흑역사의 시작이자
밤을 새우게 하는 각성제
아무도 모르게 지우고 싶은 것
지우고도 흉터가 남는 것

너와 내가 매일 하는 것
언제나 한걸음 늦는 것
뒤돌아볼수록 짙어지는 것
그림자처럼 따라다니는 것
자꾸만 길어지는 것

하고 싶지 않아도 하게 되는 것
목구멍에 걸린 가시처럼
아프고 거슬리는 것
삼키고 싶어도 삼켜지지 않는 것
모래 위 발자국처럼
비가 오면 더 선명해지는 것
마르지 않는 잉크 자국 같은 것
꿈 공장의 주재료이자
국적이 없는 것
자꾸만 보고 싶은 얼굴 같은 것

필라테스 (정지혜)

자 여섯 개 하겠습니다
하나, 둘, 셋, 넷...
하나와 둘 사이
둘과 셋 사이가
점점 멀어진다

잠시 휴식하겠습니다
긴 여름휴가처럼
달콤한 5초
다시 강사의 지시에 따라
동작을 취하고

이번엔 여덟 개 할게요
여덟 번의 들숨과 날숨
여덟 번의 근육의 떨림을
참아내기로 한다

누군가 늘 이렇게 말해준다면
얼마나 좋을까 생각했다

시작하세요 할 때 시작하고
잠시 휴식하세요 할 때 쉬어가고
몇 개를 버티면 끝이 난다는
확실한 희망으로

방금 출발했다는
중국집 사장님의 말이
거짓이란 걸 알면서도
믿고 싶을 때가 있다

시작과 끝이 분명하다는 건
하나둘 구령을 붙이면서
일정한 속도로 끌어주는
사람이 있다는 건
얼마나 다행인 일일까

자 이제 하나 남았습니다
조금만 더 견뎌보기로 하자
부들부들 떨리는 근육세포들
언제나 거기에 있었는데
모르는 사람처럼 외면했던
대가를 달게 받는다

오늘 운동 여기까지 하겠습니다
아픔도 슬픔도
여기까지라고 누군가 말해준다면
두어 번은 더 버텨볼 수 있을 거야

마음도 긴장과 이완을 반복해야지
긴장만 하거나
너무 풀어져 있으면
아픈 법이란다
너무 딱딱하지도
너무 말랑하지도 않게

나의 *이토록 평범한 미래 (정지혜)

어젯밤엔 달이 참 크고 밝았다
밤하늘에서 달의 윤곽선을 따라
가위로 오릴 수 있을 정도로
선명하고 또렷했다
초여름 밤의 선선하고 쾌적한 기운을 느끼며
스크류바를 사서 입에 물고
달을 구경하며 집으로 돌아오는 길

아침에 커피를 마시며 소설 한쪽을 읽고
저녁엔 맛있는 안주에 술 한잔하는 일
퇴근길 빵집에 들러 먹고 싶은 빵을 고르는 일
좋아하는 음악을 들으며
알밤 같은 아이들의 저녁을 준비하고
오물오물 맛있게 먹는 모습을 바라보는 일

잠들기 전 침대에 누워 아이들에게
책을 읽어주고 나서
이런저런 이야기를 재잘재잘
떠드는 소리를 듣느라
소란한 귓가
출퇴근길 지하철에서 하루 두 번
마주치는 한강 풍경과
약간의 변주를 곁들인
규칙적인 하루들
주말 아침의 늦잠

30대의 너는 이토록 평범한 미래를 누리고 있어
10대의 너에게 알려주고 싶었어
이토록 평범한 미래가 기다리고 있다고
그러니까, 희망을 걸어도 좋다고
너의 미래는 기대할 만하다고

*김연수 소설 <이토록 평범한 미래>를 읽고

마치는 글 (김미선)

선량한 그대의 존재만으로 용기를 얻는 누군가가 여기 있습니다. 차가운 세상에서 기꺼이 선한 마음을 나누는 아름다운 사람들 덕분에 봄이라는 계절을 품은 채, 포근한 마음으로 글을 쓸 수 있었습니다. 제가 받아온 따뜻한 사랑이 흩날리는 민들레 홀씨 되어 한 권의 책으로 날아가기를 바라면서, 당신의 마음에 사뿐히 내려앉는 장면을 그려봅니다. 생각만으로도 눈물 나게 행복해지는 것은, 그것이 오랫동안 간직해온 저의 꿈이기 때문입니다. 추운 겨울 속에서 봄을 기다려온 예쁜 사람들이 봄날에 피어나는 꽃처럼 희망을 품고, 활짝 웃는 일만 가득하기를 소망하며 글을 마칩니다. God bless you!

마치는 글 (유온유)

평범한 삶을 살고 있다고 확신하던 도중, 나에게 공황장애가 찾아왔다. 공황장애를 앓았던 그때, 병원의 의사 선생님이 입원을 권유할 정도로 내 마음은 깊은 슬픔에 빠져 있었으나, 그 힘든 시간을 이겨낼 수 있었던 이유는 나에게 아직 글쓰기가 남아있었기 때문이다. 몇 개의 낱말들을 통해, 나는 힘든 시간을 극복해 낼 수 있었고 공황장애를 앓기 전과 다르게 많이 성숙해졌다. 현재 나의 꿈은 '나의 글로 상처받은 이들의 마음을 어루만져 주는 것'이 되었다. 이 글을 읽은 모두가 힘든 시간을 몇 개의 낱말들로 견뎌낼 수 있다면, 나는 더할 나위 없이 행복하겠다.

마치는 글 (이지현)

책은 나를 위한 용기를 가지기 위한 요소를 마음으로 삽입할 수 있는 문서이다.

바쁘디바쁜 현대사회에서 학생과 예비 직장인과 현재 근무 중인 재직자들에게 한 숟가락의 용기를 더하고자 작성하였다.

고된 오늘 하루도 고생했을 당신에게 전하는 메시지이며 인생은 자신감이라는 표현을 강조해 글로 텍스트를 전하였다.

웃는 얼굴에 침을 뱉을 수 없듯이 긍정적 삶을 추구하는 삶의 기여를 바탕으로 인생의 정답은 없고 내 손에 쥔 것을 소중히 여기였으면 하는 최종 방안을 토대로 마침표를 찍었다.

마치는 글 (정지혜)

우리의 불안은 합법입니다.

불안하지 않고서는 한 계절도 견뎌낼 수 없지만

우리의 불안이 모이고 모이면

바다가 되어 넓은 세상을 항해할 수 있다고 믿습니다.

글을 쓰고 글을 고치듯

인생도 얼마든지 다시 쓰고 고칠 수 있다면

어떤 부분을 고치고 싶은지 생각해 보았습니다.

부끄럽고 실망스럽고 슬픈 나의 조각들

그 조각들이 있기에 내가 나일 수 있다는 것을

글을 쓰는 동안 깨달았습니다.

김미선

밝은 세상에서 모두가 따뜻한 사랑을 느끼며 살았으면 하는 간절한 소망으로 작은 빛방울을 모아 글에 담는다.

공저《초콜릿처럼 녹아드는 순간》, 전자책《맑은 날에도 우산을 쓰고 있으면》, 음악 활동이 있다.

유온유

글쓰기는 밥을 먹듯이 꾸준한 것이라 생각한다. 삶에 있어 매사에 진지하게 임하는 자세로 글을 쓴다. 개인 책 <따뜻하고, 아프게>, <숲으로, 가자>외 공저 7권이 있다.

이지현

책을 읽음으로써 인생의 한 줄기 빛을 얻었다. 삶의 고통과 희락의 모든 부분을 글로 작성하여 독자들에게 자신감을 전달해 주고 싶다. 공작 <마지막으로 후회 한 번 더 해보겠습니다> 외 3권이 있다.

Instagram : 167_jhi

정지혜

초등교사이자 두 초등 아이의 엄마.

쓰는 일과 사는 일은 같다고 믿으며 틈틈이 글을 쓴다.

늦은 밤 먹는 라면과 맥주를 좋아한다.

공저로는《우리, 자라고 있어요》가 있다.

피어나는 꽃처럼 웃을 너에게

초판 1쇄 인쇄 2025년 4월 17일
초판 2쇄 인쇄 2025년 5월 14일

지은이　　김미선 | 유은유 | 이지현 | 정지혜

디자인　　포레스트 웨일
펴낸이　　포레스트 웨일
펴낸곳　　포레스트 웨일
출판등록　제2021 - 000014 호
주소　　　충청남도 아산시 탕정면 용머리길 40 유니콘101 216호
전자우편　forestwhalepublish@naver.com

종이책　　979-11-94741-12-1

ⓒ 포레스트 웨일 | 2025